リヴァプールのパレット

A Palette From Liverpool

大崎善生
Yoshio Ohsaki

角川書店

リヴァプールのパレット

目次

小説
リヴァプールのパレット――7
僕たちの星――97
彼女が悲しみを置く棚――143
祝辞
声なき祝辞――157

装丁：川村哲司（atmosphere ltd.）

小説

リヴァプールのパレット

A Palette From Liverpool

今でもときどき見る夢がある。

手のひらの上に舞い降りては、次の瞬間に溶けて消えてしまうさらさらの粉雪のように、淡く儚《はかな》い夢だ。もしかしたらそれは記憶なのかもしれないと思うほどに鮮明で、まるで足音や息遣いまでも正確に聞こえているように、僕の中に蘇《よみがえ》ってくることもある。しかし記憶と呼ぶにはあまりにもあやふやだし、夢と言い切るには何もかもが整然としすぎていた。

だからその夢を見たとき僕はいつもこう考えることにしていた。

手のひらに落ちたときはそれは記憶であり、目の前で溶けてやがて夢となって消えていく。しかし、それは僕の手のひらにある限りは同じものなのだ。

ただ不思議に思うのは温度の変化によって雪の破片は水滴に変わっていくけれども、決して水滴が雪の破片に戻ることはない。それは記憶が大きな時間の流れとともに夢になっていったとしても、夢が記憶になることはないのと同じなのかもしれない。

僕はときどき、降りはじめた記憶の断片に手を差し出してみることがある。

息を潜めてじっと待つ。

溶けて消えてしまわずに少しでも手のひらに何かが積もっていくことを待ちわびながら。

淡い記憶が溶け出して透明な水滴になる前に、また次々と降り積もり何かの形を作り上げていくことを祈りながら……。


もうどのくらいの時間ここにいるのだろう。

僕は思う。

この大きな病院のベッドに縛り付けられたように横になり、ただ天井を見つめているだけの時間。僕は医者から手遅れと宣言された大きな病を得て、それに伴う残酷な宣告もいくつか受けて、13時間に及ぶ全身麻酔による手術の末にここに横たえられた。

三次元だった僕の世界は二次元へと移行した。

平面の中に閉じ込められている。

そんな気分だった。

咽頭癌《いんとうがん》のステージ4のBということらしい。喉《のど》のまわりには100か所近くに腫瘍《しゅよう》が存在してそれをすべて取り切ったとしても、肺と肝臓のリンパ節に転移が見られるとのことだった。治すことはできないようである。

まあしょうがないや、というのが真っ先に浮かんだ言葉だった。

突然、喉の調子が悪くなり、ついに声が出なくなった。それを半年間放ったらかしにしておいたのだ。

こうなってしまったら、自分でどうこうできることではない。

じたばたしようにも、その体力も気力も残っていない。

身動きもままならず病院のベッドに貼り付きただ白い天井を眺めていると、過去のことがいろいろな形でスクリーンのようにそこに映し出されていった。不思議なほどに鮮やかな色彩を伴って。

茫然《ぼうぜん》と僕はそれを眺めているしかなかった。

封筒になったような気分で。

もう2か月もの間――。

リヴァプールのパレット
A Palette From Liverpool

1972年の冬。

北海道全土を包み込むような激しい寒波が襲っていた。

人々は身動きもできずにただ家の中にこもり、この大きな低気圧が通り過ぎていくのを待っているしかなかった。

年が明けたばかりの頃のこと。

札幌《さっぽろ》の街中には夜も昼もなく除雪車両が走り回り、積もり続ける豪雪にいくばくかの抵抗を繰り広げていた。路面電車の通行を守るためのラッセル車。レール上に積もった雪を、大きな髭《ひげ》のようなブラシで弾き飛ばして進む。札幌の子どもたちにとっては頼もしいちょっとしたヒーローだった。

ただうるさいことは間違いない。朝の5時とか6時が最初に彼が活躍する時間だった。

街の気温が氷点下10度から20度へと進んでいくにつれて、凍り付いた鉄のレール上を走るラッセル車の走行音の響きは甲高くなっていく。せめて雪が降り積もっていれば、それに吸い込まれて少しはトーンが落ちてくれるのだが、しかしその日の寒波はひどいもので雪すらも凍り付かせているようだった。

街中が凍り付いていた。

テレビには幅の狭い等圧線に囲まれた天気図が繰り返し映し出されていた。それはまるで北海道を中心にして焼きあがったばかりのバウムクーヘンのように見えなくもなかった。

いくらひどい寒波に取り囲まれていようとも、石油ストーブを焚《た》いているので部屋の中は嘘のように暖かかった。8畳ほどの広さの茶の間の真ん中には電気ごたつが置いてあり、それを取り囲むように座り、家族で面白くもない正月番組を観ていた。時間は夜8時。こんな時間に家族が揃って全員でテレビを観るのは、正月を含めて年に数回のことだった。

父がいて母がいて姉がいて、そして妹がいた。

その頃、姉の理恵子《りえこ》は高校2年生で僕は中学1年、妹の美沙《みさ》は小学5年生だった。

父は札幌の大学病院に医者として勤めていて、普段の帰宅時間はほとんど午後11時を越えていた。姉は高校の帰りに必ず塾か図書館で勉強をしてくるので、帰宅は10時近くになることが多かった。

美沙は滅多に家にいなかった。

小学校低学年で発症した重い病気のために入院していることが多く、夕食時を家で過ごすのはめずらしかった。

難しい病気。

父からはそれだけを知らされていた。

1972年の正月。

その滅多にないことが起こっていた。

だからその正月の三が日の光景は今も鮮明に僕の頭に焼き付いている。一家が揃い下らないテレビを観て、揃って食事をしているめずらしい光景として。

大寒波に襲われ雪に囲まれた札幌の家。きっと窓からは温かな橙《だいだい》色の光が漏れていたことだろう。

その年は中学1年生の僕にとって特別な年の幕開けでもあった。

札幌市民が待ちに待った冬季オリンピックが開幕するのである。それはもう1か月後に迫っていた。札幌の町を挙げたような異様な高揚状態。それは、重苦しい60年代を終え新しい10年がはじまった頃から、いつの間にか僕たちの周りを取り囲んでいた。

オリンピックの準備のために町のあらゆるところで突貫工事が繰り広げられていた。それは都市基盤そのものを一から見直し整備し直すような大規模なものだった。

札幌市のど真ん中に北海道ではじめての地下鉄が走った。

ゴムタイヤを履き、とてもマイルドな走りをする薄緑色の愛らしい車両。

その中心ともいえる駅が4丁目の交差点。三越や丸井今井などの古いデパートが建つ札幌最大の繁華街だ。そこから北へひと駅行けば国鉄札幌駅、南へひと駅ですすきの。北にさらに進めば北海道大学があり南の終点にはオリンピック村を建設中で、開会式の会場になる真駒内《まこまない》団地があった。4丁目三越前からすすきのの間には大きな地下街ができた。札幌にできたはじめての地下街で、その誕生は革新的であり驚きでもあった。冬の間、雪に閉ざされてしまうことの多い当時の札幌にとって、地下鉄や地下街の存在はとてもフィットして心地よいものだった。たとえ外が吹雪いていたとしても、地下街は端から端まで暖かいのだ。ポールタウンと名付けられた地下の街は、人で溢《あふ》れかえった。

札幌を中心に道央《どうおう》自動車道と札樽《さっそん》自動車道という、北海道初の高速道路も造り上げられた。市内の手稲《ていね》山には大回転をはじめ様々なオリンピックコースが造られ、それに伴いリフトやロッジも新設、大倉《おおくら》山には90メートル級のジャンプ台が建設された。市内には次々に新しいホテルが立ち上がり、ビヤホールやレストランが開店していく。近郊の恵庭《えにわ》の山には自然林を切り崩して、大規模な滑降コースが新設された。

オリンピックのために莫大《ばくだい》な予算が投入され、果てることのない建設ラッシュが続き、札幌市は好景気に沸き立ち北海道中から人が集まった。街全体が異様な興奮の中にあったといってもいいかもしれない。戦後すぐは30万人を切るくらいだった人口はオリンピック決定を境に60万人に膨れ上がり、やがて１００万人を超える大都市へと発展していく。印象としてはこれといった特徴のない北国の田舎町が、少年時代の僕にとっての札幌だった。ほんの数年前までは街の中心部にいくつかの小さなビルがあっただけの地方都市が、日をおうごとに目に見えて姿を変えていく。そのダイナミックさは中学1年生の僕の心を浮き立たせた。

オリンピックが近づくに連れて街の中には外国人の姿が目立つようになり、僕たち中学生は世界中から集まる人々に少しでも親切にできるようにと、道順や駅やバス停の場所を教えるための英会話の特訓をさせられたりした。そんなことも誇らしいことだった。

いよいよオリンピックの開幕となるまでの数日間、札幌はときおり雪に見舞われ静まり返っていた。真っ白な雪が街を覆いつくし、まるで街全体がオリンピック開幕の緊張に身を隠しているかのようだった。

真駒内屋外競技場で開会式が行われオリンピックが開幕すると、札幌市内の中学生は分担して会場を受け持ち、国旗やプラカードを運んだり会場のゴミ掃除をしたりと裏方のボランティアを命じられた。それらは僕たちにとって、端的にいってしまえば名誉なことに違いなかった。自分たちが直接、自分たちの手でオリンピックを動かしている。僕たちはその実感と喜びに打ち震えていた。

札幌で4年に一度の冬のオリンピックが開催される。

それまではまるで世界から見放されたような田舎町に過ぎなかった自分たちの街が、あたかも手を結び合うように次々と世界とつながっていくような感覚——。ただでさえ誇り高い年齢の中学生の胸を、さらに大きな誇りとなって膨らませていった。

その正月に僕の家族が囲んだ食卓の話題も、開会式まであとわずかと迫ったオリンピックのことが中心になった。その頃、日本を背負う期待の星は何といってもジャンプ陣で、特に笠谷《かさや》幸生《ゆきお》は国際大会でも素晴らしい成績を残している日本のエースだった。ジャンプは地元の優位性が大きくものをいうだろうから、メダルは確実ではないかと誰もが信じていた。

父がめずらしくそんな話をしていた。

姉の理恵子は興味なさそうに、ただ適当に相槌《あいづち》だけを打っていた。視線はテレビに向けられたまま、ほぼ無表情で反応らしい反応も示さない。同じように迎えるオリンピックでも、中学生と高校生の反応はまるで違っていた。少しすると勉強があるからと自室へ消えてしまった。詳しいことはわからなかったが、父と進路のことで意見が食い違っているらしく、このところの姉はいつもピリピリしたムードを剝《む》き出しにしている。決まって父の側につく母親とも些細《ささい》なことでぶつかることが多く、僕はただそれを見て見ぬ振りをしているしかないのだった。

心の中では理恵子を応援していた。

それは理恵子のためというよりも4年後には自分に降りかかる問題になるだろうという予測のもとだったといえるかもしれない。

僕が中学に進学したとき、姉は入学祝いとして1枚のLPレコードをプレゼントしてくれた。それまでに日本の歌謡曲のようなシングル盤は何度か買ったことがあったけれど、LPレコードを手にするのははじめてだった。

「ビートルズよ」と理恵子は優しい目で言った。

洋楽もほとんど聴いたことがなかった。まっさらなLPレコード。ジャケットのデザインはとてもサイケデリックなものに思えた。

「ビートルズ?」と僕は聞き返した。はじめて耳にする言葉。

「そう。イギリスのバンド。ヨーロッパやアメリカで凄《すご》い人気。私の高校でも結構、流行《はや》っているよ」

「へー」

「聴いてみて」

「ありがとう」

「そして世界に耳を傾けるのよ」

「世界に？」

「そう。世界が何を目指し、何を目的に動いているのか。その若者たちの本物のエネルギーの息吹を感じ取るのよ」

高校2年生にしては理恵子は落ち着いた声で静かに話をした。中学1年生の僕の目からはとても大人びて見えた。僕と姉の理恵子は4歳離れていて、妹の美沙とは2歳差だったので、遊び相手はもっぱら妹の方だった。子犬のようにじゃれ合って遊ぶ僕と美沙を、いつも理恵子は少し離れた場所から見守っていた。聡明《そうめい》で控え目で、何よりも優しい姉で、ある意味ではいつも弟妹や家族から孤立していたといえなくもなく、しかし決してそれを恐れてはいなかった。

自分の部屋に戻り、僕は姉から貰《もら》ったばかりのレコードを取り出して針を落とした。プレイヤーは中学に入る前に父から譲り受けた、古く重苦しい物だった。ひとつの部屋を本棚と家具で仕切って僕と美沙が使っていた。その日、美沙は病院にいて部屋には僕1人しかいなかった。それも、いつものことだった。

プレイヤーにレコードをセットして僕はベッドにひっくり返った。

やがて聞いたことのない音質の音楽が流れはじめた。

寝転がって天井を眺めながら流れてくる音楽に耳を傾けていたが、どうしてもすんなりと体の中に入ってくるような感じがしない。次々と曲は替わっていったが、どれも捉《とら》えどころのないざわついたような印象が強く残り、気持ちが落ち着かない。おそらく中学に進学したばかりのその頃の僕の耳は、エレキギターの音や、アップテンポなドラムのビートに不慣れだったのだろう。少しはずれているような微妙なコーラスも不思議な感じだった。

違和感。

言葉にすればそういうことだろうか。

耳から入ってくる音は、どれも体にすんなりとは馴染《なじ》まない。ざらざらとしていた。

理恵子から貰った『オールディーズ』のA面。

〝シー・ラヴズ・ユー〟

〝フロム・ミー・トゥー・ユー〟

〝ウィー・キャン・ワーク・イット・アウト〟

〝ヘルプ！〟

割とテンポの良い曲が続く。後になってみれば代表的なスタンダードナンバーばかりなのだが、はじめて洋楽を聴く中学1年生の僕の耳には激しいものに聞こえてならなかった。もうやめようかなと思った。

レコードを止めてしまおうとベッドの上で起き上がった僕の耳に、それまでとは違う曲調の静かなギターのイントロが響いてきた。5曲目だった。その音楽は僕の胸に直接語り掛けてくるような切ない響きを伴っていた。僕はベッドに座り直し耳を澄ました。

〝ミッシェル〟

それが曲名だった。

今までの曲にはない優しい調べ。切ない歌声。ボーカルは1人でコーラスは抑えめだ。それは僕が小学生の長い間、音楽室で聴かされていたものとよく似た仕組みだった。

〝I love you I love you I love you〟

シンプルな世界を突き破るように艶やかで甲高いボーカルが、三度そう叫んだ。

その声を聴いた瞬間に僕の胸の内の何かが弾け飛んだような気がした。

言葉の意味は知っていた。その言葉が僕の胸の中一杯に広がっていく。

なぜその言葉をこんなにも情熱的に何度も叫ばなければならないのか。

「君を愛している」

言葉は理解できてもそのことの本当の意味は知る術《すべ》もなかった。ただ意味もわからない胸を切り裂くような鋭利な感情が湧きあがり抑えることができない。

ときどき強い風が吹きつけ窓が揺れた。

札幌の4月の夜11時過ぎ。

本棚と家具に仕切られた向こう側に妹はいない。

僕は1人きりだった。

それはいつものことだ。

その1人きりの部屋で僕はビートルズと出会った。

初恋にも似ていた。胸の内がむず痒《がゆ》くなるような不思議な感覚に包まれ、身動きもできない。そんな不思議な感傷を伴う印象的な出会いだった。

それから僕は半ば必然的にビートルズに夢中になっていった。

1972年、閉幕した札幌オリンピックの余韻に、まだ街中が包まれていた頃のことだ。レコードを買うお金はなかったので、ひたすらラジオでビートルズの曲を流してくれそうな番組を探り、待ち続けた。手に入る情報はほとんどなく勘だけが頼りだった。ただその2年ほど前に発表された〝レット・イット・ビー〟が日本中で大ヒットしていて、ビートルズの音楽はあちこちのラジオ番組から流れていた。テレビの深夜番組で映像や映画が流されることが稀《まれ》にあって、僕は夢中になって齧《かじ》り付いた。映画はサイケデリックで難解で意味がわからなかったが、流れてくる音楽はどれも美しかった。ラジオでときどき5曲くらいを集めてビートルズ特集のようなものを組むことがあり、買ってもらったばかりのカセットテープレコーダーで録音した。ラジオのスピーカーの前にマイクを置いて録音するという原始的なやり方だったが、とにかくどんな音質であれビートルズの音楽さえ入っていればそれで満足だった。

理恵子から貰った『オールディーズ』も録音した。

それを病室の美沙に届けてやろうと思ったからだ。

本当は家に帰ったときにプレイヤーに掛けて聞かせてやりたかったが、それはしばらくは無理そうな様子だった。

静かな曲を選んだ。

〝ミッシェル〞

〝イエスタデイ〞

〝エリナー・リグビー〞

最後の1曲は随分迷ったけれど〝抱きしめたい〞にした。病室でかけるのだから静かなメロディーがいいだろうけど、1曲くらいはビートルズらしいアップテンポの曲もあった方がいいかと思ったのと、なんといっても僕はこの曲の題名が好きだった。

僕が子どもの頃からずっと抱き続けてきた妹への言葉にできない感情を、たった一言で言い表してくれているように思えた。

どうして録音を4曲にしたのかはわからないが、とにかくそれがちょうどいいと考えたのだ。4曲で約10分。ビートルズのデビューとしてはちょうどいい長さではないか。何よりも少しでも息抜きになってくれればと願った。

自分の好きなものを妹も好きになる。

自分が夢中になったことに妹も夢中になる。

じゃれ合う子犬のように育ってきた2人にとって、それは疑いようもないことであった。大学病院の妹の病室にも、僕の持っているものと同じ型のカセットテープレコーダーが置かれてあった。父親が気を紛らわすために買い与えたもので、僕は家で録音したビートルズの入ったカセットテープをそこにセットした。

室内に優しいメロディーが流れた。

白で埋め尽くされた妹の病室に少しだけ色が付いたような気がした。

もちろん音質は悪い。でも音楽を聴くことはできる。

「ビートルズっていうんだ」と僕は美沙に言った。

「ビートルズ?」と雪のように真っ白な顔をした美沙は言った。

「そう。イギリスのバンドで今、凄い人気なんだ」。姉の受け売りだ。

「イギリス?」

「そう」

「お兄ちゃん、凄い」

「僕は毎日聴いている。美沙も聴いてみる?」

「うん。聴いてみたい」

子どもの頃から僕のやることは何でもやってみなければ気がすまない妹だった。

僕がサッカーボールを蹴《け》れば、いつもすぐ後ろで蹴っていた。野球の練習でグローブを嵌《は》めるといつの間にか同じような格好で立っていた。僕を真似ることが美沙にとって、生きていくということだった。それは不思議な感覚だったけれど、いつの日か慣れるというよりも当たり前のことになっていった。

妹は僕を真似て生きる。

彼女にはそれしか方法がないのだ。

もちろんまだ子どもだった自分にとって、それは楽しいことばかりではなかった。しかし僕はそれを受け入れた。

なぜだろう？

何をするにも離れずについて回る、ふたつ歳下の妹が可愛くてならなかった。

僕がインフルエンザにかかれば、やがて美沙にもうつった。本当になぜなのかはわからないけれど、2人にはそんなことが幸せだった。

僕に39度の熱が出た次の日に、美沙に39度の熱が出る。

それが兄と妹ということだったのかもしれない。

どこにでもある、静かな午後のことだ。

どうしようもないガサガサな音質の〝ミッシェル〟が流れていた。

それは美沙の病室の中に小さく響きわたった。

その頃の僕らにとっては、想像もできないほど遠いイギリスの若者の音楽。

歌は何かを解明しようとしているように思えた。そのためにこんなにも高く切ない声を張り上げ、語りかけようとしている。

では彼らが解き明かさなくてはならない疑問とはいったい何なのだろうか。

答えはない。いつも質問だけが残された。

美沙の部屋には西からの足の長い光が差し込んでいた。

その橙色の光を反射して、美沙の瞳《ひとみ》が輝き揺れ動いていた。

〝ミッシェル〟は静かに流れた。

窓の向こうには大倉山が見えた。山の中腹に造られた白い装飾品のようなジャンプ台。

山の緑の中に残された、切り裂かれた手術痕《あと》のような白いコンクリートの塊。ここはオリンピックの90メートル級の舞台となった。

〝ミッシェル〟が終わり〝イエスタデイ〟が流れはじめた。

クラシックを思わせる奥深いメロディーとポールの艶やかな歌声。

美沙は何も言わずに聴いている。窓から差し込む夕日が、美沙の横たわるベッドの上に降り注ぎ、部屋全体を橙色に染め上げていた。ベッドや毛布やカーテンなど、何もかもが消えてしまいそうな真っ白な空間を少しだけ華やかなものにしていた。

真っ白な美沙の顔も、少しだけ赤みがさしているように見えた。

〝エリナー・リグビー〟が終わり〝抱きしめたい〟がかかった。今までの3曲とは違った明るい曲調のシンプルなロックンロール。先の3曲は難しい顔をして聴いていた美沙の顔に少しだけ明るい光が灯《とも》った。大きな瞳が輝いた。その表情を見て、今度はもっと明るい曲を集めてきてあげようと僕は思った。

「今度ね」と小さな声で美沙は言った。

「何?」

「今度、感想を言うね」

「いいよ別に、感想なんか」

「ううん。今度必ず言う。今は何も言えないの」

「わかったよ」

「お兄ちゃん？」

「何？」

「英語の授業はどう？」

「うん」

「どう？」

「どうって、難しいよ。英語の先生がね、教室に入ってくると必ず英語で挨拶《あいさつ》をするんだ。それからリッスン・トゥー・ミー・ケアフリーの決まり文句。私の話を注意深く聞いて、という意味だよ」

「うわー凄いな。お兄ちゃん」

「美沙だってじきにスタートだよ」

本当は美沙に1年以上も後の話をするのは、あまり良いことではないと理解はしていた。それでも僕は何とかしてこの一心同体のように育ってきた妹に希望を持って欲しかった。彼女が圧倒的に長い時間を過ごしているこの真っ白な空間に少しでも色彩や音階をもたらしてやりたい。彼女をベッドという平面の世界から救い出して、1人ではないことを伝えたかった。

抱きしめたい。

言葉にすればそういうことなのかもしれない。

自動車がガソリンで走るように、この頃の美沙は希望を燃料にして走っているように思えてならなかった。希望がなくなれば車は止まる。

それを阻止するのが頼りないけれど、兄としての僕の役割だと思った。

美沙の枕元に希望を運び続けること。

それは自分にしかできないことなのだという、得意な気持ちが全くないわけではない。とにかく親鳥が雛《ひな》に餌《えさ》を運ぶように、美沙に希望を運ぶのだ。

「でも、もう私、お兄ちゃんとは同じ学校に行けないね」

瞳に夕日を輝かせながら美沙は言った。

光がゆらゆらと揺れている。

「そうかな?」と僕は言った。

「うん。きっと次は養護学校になるだろうって、お父さんが」

「父さんが？」

「うん」

「そう言っていたの？」

「うん。さっき部屋に来て」

「しょうがないさ」と僕は言った。

「しょうがない？」と美沙は視線を落とした。

「それが大人の理屈だ」

美沙は真っすぐに僕の目を見た。子どものころからいつも恥ずかしくなってしまう、素直な視線。

僕は目を伏せた。

病気に対しても治療に対しても、まるでひるむ姿を見せない勇猛な妹だったが、学校の話には神経質で可哀そうなくらいに脆《もろ》かった。

「お兄ちゃんの学校に行きたいな」

美沙はそう呟《つぶや》いた。その瞳に映り揺れる夕日が、零《こぼ》れ落ちないことを僕は祈るしかなかった。

「同じ中学に行きたいな」

美沙は涙を必死に堪《こら》えている。

それは妹の心に宿ったただひとつの希望だったのかもしれない。

「ビートルズの歌って」

気を取り直したように美沙は言った。僕は何も言わずに聞いていた。

「何か、寂しいね」

「そうかな?」

「うん。何か悲しい」

その言葉に僕は何も答えることができなかった。

「親父の言うことなんか気にするなよ」と僕は言った。

「うん」と美沙は声を出さずに頷《うなず》いた。

「理系の頭の限界だ」

「えっ?」

「答えのあることしか信じることができない」

「そう?」

「医者なんてバカだ」と僕は吐き捨てた。

また明日来ることを約束して、僕は病室を出た。

悲しい気持ちが胸一杯に広がっていたけれど、僕は我慢した。耳の底にほんとうに微《かす》かな音が流れていた。

抱きしめたい！

決して口にすることはできないけれど、美沙に伝えたい言葉。

医者が理系の限界だとして、では僕はいったいどうやって妹を救い出すことができるのだろう？

もちろん簡単に答えはみつからない。

大倉シャンツェは抵抗を諦《あきら》めた囚人《しゅうじん》がうなだれているかのように、闇の中に沈んでいた。

１９７２年の春。

毎日、わからないことに囲まれて生きているというのがその頃の僕の現実だったのかもしれない。

ただし、決してわからないと口には出せない。

中学生なりのプライドがあったし、胸の内は譲れないことばかりだった。

美沙にはじめてビートルズを届けた日。

どうにも心が落ち着かずベッドの中で悶々《もんもん》と夜を過ごしていた。

病室の妹に触れたこともないビートルズを届けたのは、果たして正しいことだったのだろうか。無意味な刺激、無駄な興味につながらなかったか。本当に悲しいことだが小学5年生の妹にとって、新しいことや知らないことに気づくことは危険を含んでいた。

生きる希望を持つことは必須のエネルギーだが、反面残酷なことでもある。

残念だけれどそれが現実でもあった。

僕は仕切りの隙間から妹のベッドを見た。

空っぽのベッド。

妹を思う気持ち、それはもちろんあった。募るばかりといっていいかもしれない。ただ僕にはそれを表現する術がなかった。いくら探しても何ひとつ、見つからない。

なかなか眠れずにいた。

もしかしたら美沙はこのまま二度とここに戻ってくることはないのではないか。そう思うと胸を焦がすような焦りばかりが募っていく。

そのとき小さな音が聞こえてきた。

僕は闇を探るようにその音源に耳を傾けた。指先に何かが触れたかのように微かな歌が響いてきた。昨日の夜に聴いていたトランジスタラジオが、電源が入ったままで布団のどこかに潜り込んでいる。切ない調べがそこから漏れ出している。

僕は布団の中を探った。

しかし小さなラジオは姿を隠したままだった。

ラジオは見つからなかったが僕は何とかそのメロディーを探り当てた。

〝エリナー・リグビー〟

今日、美沙の病室に届けた歌。

間違いない。

数日前に観たばかりの深夜テレビに映った〝エリナー・リグビー〟の映像が頭に浮かび上がった。それはおそらく、リヴァプール近郊の工業地帯の映像で、映し出される大きな工場からは何本もの巨大な煙突が聳《そび》え立ち、まるで生き物のようにもうもうと黒煙を吐き出している。その工場の敷地の中を大勢の労働者が、疲れ果てた表情で物も言わずに足早に歩き去っていく。ラッシュ時の電車のような人ごみ。人間はただこうやって生まれて働いて、やがて死んでいくしかない。何ともいえない陰鬱《いんうつ》なその映像は、そう暗示しているように思えてならない。

すべては白黒。

色のない世界。

フィルムの向こうから流れてくる曲。それが〝エリナー・リグビー〟だった。その哀しい調べが人間の宿命を際立たせ増幅させる。イギリスの孤独感。僕はそれに触れ、心が震えるような思いがした。わずか2分にも満たないその映像は僕にとっての、リヴァプールという街の原風景となった。

世界を知ること。

理恵子は僕にそう言った。

それはつまり、こういうことだったのだろうか。

世界とつながっていく実感と喜び。札幌オリンピックを目前にした頃、僕たち札幌の子どもたちはその現実に打ち震えた。しかし実態は少なからず違っていた。世界中のほとんどの場所にはオリンピックのような祭典があるはずもなく、労働者が声もなくただ歩き続けているのかもしれない。

ベッドで1人僕は凍えていた。

氷のように体中が冷え切っているように感じた。

美沙はどうしているだろう。

うまく眠りにつくことができただろうか。あの病室の中で。果てしない白一色の中に埋もれながら……。

オリンピックと美沙の死の影。

それは中学1年の僕にとってあまりにもかけ離れたもので、ただ心の中に氷だけを張りつめさせた。だから僕はいつも凍えていた。オリンピックの希望が大きければ大きいほど、美沙の死という絶望は際立っていた。

相談する相手もいない。たとえいたとしても何を聞けばいいのかもわからない。

美沙は死んだらどこに行くのだろう。

それを思うと体中が引きつるような恐怖に襲われ、僕は孤独に震え、布団の中で凍えているしかなかった。

そのとき、再び新しい歌が流れてきた。

布団のどこかに紛れたままのトランジスタラジオから。

僕は手や足を振り回すように必死にその音源を捜した。周波数が乱れ音は安定しないが、しかし歌は届いている。

知らない曲。

でも間違いない、ビートルズだ。

左足の指先に僕はラジオを探り当てた。それを胸元に運び、そして耳に押しあてた。

優しく静かなバラードが聞こえてくる。

ひりひりと引きつるような痛みに覆われていた胃のあたりに、温かく柔らかなタオルを当てられたような救いがあった。悲しいくらいに優しく切実な歌声。それがやがてどうしようもない激しい叫びへと転調していく。

それは僕の子どもの頃からの美沙への思いに似ていた。

いつも静かで優しい感情からはじまり、そしてやがて抑えきれない叫びに似た心の悲鳴へと移り変わっていく。1人きりの布団の中で。

〝ヘイ・ジュード〟とラジオのパーソナリティーが教えてくれた。

その歌の題名だ。

真夜中の1時過ぎのこと。

その言葉を心の中に刻み込むと、やっと気持ちが落ち着き、やがて深い眠りが訪れたのだった。

次の日、学校の授業が終わると僕は市電に乗って4丁目の玉光堂に直行した。当時の札幌の少年たちにとっては聖地のような地元のレコード屋で、ことすすきのの近くにもう1軒あった。僕はビートルズのレコードのある棚に直行して〝ヘイ・ジュード〟の入っているレコードを探した。それを見つけ、貯めていた小遣いを全部つぎ込んで、迷うことなく買った。そしてとんぼ返りで家に戻り、すぐにカセットテープに〝ヘイ・ジュード〟を録音し、それからまた妹の病院に向かって全速力で走った。

面会時間は午後6時半まで。それから夕食の準備になる。もう時計はその時間を過ぎようとしていたが、毎日のように妹の見舞いにくる僕は、スタッフに好意的に受け入れられていて少々のことには目を瞑《つむ》ってくれた。

僕は何となく気がついていた。

妹がすでに医者の手に負えず、末期的な状況に入っていること。

もしこれを脱したとしても治癒の見込みはほぼないだろうこと。

僕が気がついているくらいだから、妹はもっと敏感に察知していただろう。そして僕も美沙も知っていた。治らない病気があったとして、その先に何があるのかも。

その正体に気づいていながらも、美沙は一生懸命病気と闘い、つらい治療にも健気に耐えた。そんな妹を僕は心から誇りに思った。だから僕はいつも自分の感じている最高のものをプレゼントしようと心に決めていた。どんなに重くても、形にしにくいものでも、美沙のベッドの枕元に届けることが自分の役割と信じた。

美沙は小さな微笑みを返してくれる。

それがすべてだし、それで十分だった。

イチゴのアイスクリームでも、桜のはなびらでも、熊のぬいぐるみでも、学校の途中で拾った木の枝でも、なんでもいい。それが今の僕にとってはビートルズだった。中学1年生の僕が小学5年の妹にしてやれることなんてそんなに多くはない。でもできることのすべてをしてやろうと僕は心に決めていた。自分にできる限りのことを実行して、運び込めるすべてのものを美沙の枕元に運んでやる。孤独を感じる隙もないほどに埋め尽くすのだ。

その日、〝ヘイ・ジュード〟を持って病室に行くと、美沙はめずらしく泣いていた。

カーテンを引くと情けない顔をして僕を見る。

「どうした？」と僕は声をかけた。美沙は何も言わずにただ僕の目を見て首を横に振った。僕が大好きな二重瞼《まぶた》の中で、大きな瞳が潤み横に揺れた。

何かに耐えるように薄い唇を噛み締めている。

小学5年生だというのに肉付きが悪く、2学年くらいは下に見える。発病してもう3年がたつが、その間妹の体はわずかしか成長していなかった。ほとんどベッドに縛り付けられて生きているのだからそれも仕方ない。

「お父さんに怒られた」と美沙は言った。

「どうして？」

父が美沙を怒る姿は、想像もできなかった。

「私が我がままを言ったの」と美沙はうなだれた。

「何を？」

「お兄ちゃんと一緒の中学に行きたいって」

「僕の学校？」

「うん。同じところ」

「そしたら？」

「無理だって。私みたいに学校を休んでばかりいる子は行けないの。でも私、養護学校なんか嫌だ。そんなところに行ったら死んじゃうって泣いたの。そしたらお父さんに怒られたの」

「死ぬなんて言うからだろ」

「私が言うことをきかないから」

美沙の瞳からガラス玉のようにポロポロと涙が頬を伝い零れ落ちた。僕はなす術もなくそれを見ていた。わずか小学5年生の妹の涙。それを止めることもできない自分。

そのときこれまでに感じたこともない激しい怒りが僕の中に込み上げてきた。何もかもぶち壊してやりたくなる、マグマのような怒りが僕の体を貫いた。

馬鹿野郎。

僕は心の中で叫んでいた。

これまでの人生で一度も感じたことのない父への怒りだった。

娘の病気も治せないで、何が医者だ。

娘は助けられない、無駄な希望を持たせるな、なるべく平静な気持ちを少しでも保たせてやることぐらいしか我々にはできない。もちろんそんなことは受け入れることができないし、納得することも従うこともできない。

でも僕と妹は耐えていた。

父のために必死に耐えていた。

でもそれも限界に達したのかもしれない。

美沙の病気が治せないとして、では患者の病気を治せない医者って何者なんだ。死ぬのをただ待っているだけなら自分の方がまだましだ。美沙の声を聞き、涙を拭《ぬぐ》ってやり、必死に彼女の元に何かを届けることはできる。

僕と同じ中学に行きたい。

たったそれだけのささやかな希望をなぜ叶《かな》えてやることもできないのか。せめてそのぐらいの願いをなぜ聞き入れてやれないのだ。

「美沙？」と僕は涙をこらえながら言った。

「なに？」

「僕がお父さんに言ってやるよ」

「なにを？」

「だから僕と同じ中学に通うのさ」

「本当？」

「本当さ。本当に本当だ」

「嬉《うれ》しい」

「約束する」

魔法のように美沙の涙が止まった。うっすらと開いた唇から白い歯がこぼれた。

その小さな微笑みは、どれほど僕と同じ中学校に通うことが夢なのかを、語っているように思えた。僕がその夢を叶えるのだ。小さな妹の小さな胸に宿った、ほんのささやかな希望を育んでやりたい。

僕は家から持ってきたテープをカセットレコーダーに入れた。

静かで美しいバラードが流れてきた。

「わあ、きれいな曲」と美沙がすぐに反応した。

「〝ヘイ・ジュード〟」と僕は言った。

「ヘイ・ジュード？」

「そうポール・マッカートニーがジョン・レノンの子どもを励ますために作った歌らしい」

それからしばらく美沙は何も言わずに耳を傾けていた。

バラードはやがて激しいコーラスとともに崩壊していく。その崩壊を食い止めるかのようなポールの叫びが響き続ける。

窓の外には札幌の3月の風景が広がっている。澄み切った清々《すがすが》しい空気。藻岩《もいわ》山は春を待ちわびるように鎮座していた。その右手に円山《まるやま》が見え、その奥に90メートル級のジャンプ台がある大倉山が見渡せた。

「オリンピック、終わっちゃったのね」と曲が終わると美沙は言った。

「あっという間だったよ」

「病院でも凄い騒ぎだった」

そう、僕の中学はもちろん、札幌中が沸きたっているような特別な1か月だった。

「何か寂しいね」

「うん」

「あと1年。私は生きていられるかな」

「大丈夫。楽勝だよ」と僕は言って美沙の頭を撫《な》ぜてやった。

このところ妹の体調は優れない。もちろんそのことを本人も自覚していた。そんな苛立《いらだ》ちもあって父に我がままを言ってしまったのだろう。

「私ね、お父さんに双眼鏡を買ってもらって、ここからジャンプを見てたの」

「本当、凄いね。見えたの？」

「うん。豆みたいに。飛んで行った」

「笠谷選手も？」

「うん。ラジオをかけていたから」

「負けちゃったね」

「うん。残念」

「でも70メートルは優勝したから」

「宮《みや》の森《もり》ジャンプ台は見えないの」

「そっか。でも90メートル級見られてよかった。頑張ったよ、笠谷選手」

「お兄ちゃん？」

「うん？」

「〝ヘイ・ジュード〟ありがとう」

「ああ」

「私も頑張るね」

「そうだ。一緒に通おうね」

カセットテープレコーダーに僕はイヤホンを挿し込み、美沙の枕元に置いてやった。そして頭をもう一度そっと撫でてやった。美沙は安らかに目を閉じた。それが別れの合図であることを妹は知っていた。部屋を出ようとカーテンを潜ろうとすると、背中から声が聞こえてきた。

「お兄ちゃん」

僕は振り向かずに立ち止まって耳を澄ました。

「やっぱりお父さんに言わなくていいよ」と美沙は言った。

「言わなくていいからね」と。


固く封印していたはずの記憶だった。

それは極北の海に浮かぶ氷塊のように固まり、永遠に解けることなく暗黒の冷たい海の中を彷徨《さまよ》っているはずだった。美沙とのことはすべてそこに閉じ込めてしまった。多くの記憶や妹への感情、2人で過ごした長く愛《いと》おしく他愛のない時間。そして死への過程。

すべてを僕は封じ込めた。

おそらくそうしなければ、自分の精神かそれに近い何かに異常をきたしてしまうような危険を感じたからである。危機回避。それ以外に道はなかった。

僕は心の中の海にそっとそれを浮かべた。

本当は光も当たらないほどの海底深くに沈めてしまった方がいいとはわかっていた。しかし中学生の僕にはどうしてもできなかった。

真っ白な天井には様々な光が当たり、揺らめいて見えた。

あれから50年余。月日は過ぎていった。

僕は65歳になり、武蔵野《むさしの》の森の中に建てられたこの大きな病院のベッドで、眠ることもできずにただ天井を眺めて過ごしている。治る見込みのない癌。それが突然に自分に襲い掛かってきた現実であり、しかしそれを僕は割と平然と受け止めていた。手術と抗がん剤と放射線。それが僕に与えられた抵抗の武器。何とか手術にたどりつき、体力の回復を待って抗がん剤治療に移行していた。24時間点滴につながれて天井を眺める日々がもう半年も続いている。抗がん剤の1か月が終わるとまた体力の回復を待って放射線がはじまる。

窓の外では中庭の木々に風が当たりときどきゆさゆさと揺れる気配がした。

誰がかけられていた紐《ひも》をはずしたのだろう。

僕は考えた。考える時間はいくらでもあった。

そして誰が厳重に糊付《のりづ》けされ封印していたはずのあの箱を開けてしまったのだろう。

この半年の間に96か所を切る13時間に及ぶ手術を受け、最強の抗がん剤を1か月間打たれ、これから放射線を36回浴びることになる。そのどこかの過程で僕の心の中の海の氷は解けてしまったのかもしれない。


2000年が半年ほど過ぎた頃のこと。

僕は42歳になり、ノンフィクション作家として編集者とともにイギリス取材に出かけていた。1970年代に活躍したバレエダンサーについて調べるため、2週間の予定で主にロンドンとコンウォールを歩き回っていた。英国ロイヤル・バレエ団の元プリンシパルで、30歳前にエイズで急死した。たまたま僕の古くからの英国人の友人の実兄で、そんな伝手《つて》を頼りに父や母や、多くの友人たちへの取材を進めていった。

40歳のときに18年間勤めていた出版社を辞め、独立してノンフィクションを書く仕事をはじめてから3年目を迎えていた。

ロンドンでの取材は思いのほか順調に進み、最後の2日間がぽっかり空いてしまった。もう調べることも会うべき人もいない。取材は上がりだった。

僕は2人の編集者とロンドンの古びたパブでギネスを飲んでいた。

付き添いの編集者は佐野道夫《さのみちお》と松坂香織《まつざかかおり》。佐野は単行本の担当で、松坂は月刊誌の女性編集者。松坂の雑誌にこの取材の連載をして、まとまったものを佐野が単行本に仕上げてくれる。そういう予定の企画だった。松坂はまだ入社して2年目で、僕が事実上はじめての担当作家ということであった。今回は取材の後半、ロンドンから合流してくれていた。佐野とは作家デビューして間もなくからの付き合いである。

2人はビターを飲んでいた。ロンドン名物の生ぬるい生ビールである。最初はぬるさに、あれっと思うが、慣れてくるに連れて妙に味わい深くなる不思議なビールだ。

僕は冷たいギネスにした。

取材が一通り完了した解放感に僕らは包まれていた。

ロンドンのリージェンツ・パークのほとりの古いパブだった。

まだ初夏のことで、公園は初々しい緑の息吹に包まれていた。

「明日1日どうします？」と佐野が言った。

「そうなあ」と僕は呟いた。帰りの成田《なりた》行きの飛行機は明後日《あさって》の午後9時だから、今日を含めると約3日間空くことになる。とにかく明後日の午後8時頃にヒースローにいればいい。

「ロンドンももう飽きたしなあ」

「確かに1週間以上になります」

「ハロッズ行ったって、大英博物館行ったってしょうがないしなあ」

「興味ないですか？」

「全然」

「大英博物館もですか？」

「ああ。外から見れば十分」

鷹揚《おうよう》な雰囲気のある香織は、いつものようにポカンとした感じでビターを飲んでいた。ほとんどのことを佐野に任せっきりで、まるで添乗員に案内されたツーリストのような感じである。あまり余計な口出しをせず先輩に委ねてしまおうと決めているようで、その姿勢は僕と佐野にとっては心地よいものだった。そういう意味で3人はうまくいっていたのだと思う。

　ジュークボックスから誰かが掛けたストーンズが流れてきた。

〝アズ・ティアーズ・ゴー・バイ〟。錆《さ》びたような古い静かな歌声。

「リヴァプールに行ってみようかな」と僕は半ば思い付きで言った。

「リヴァプール？」と佐野は目を丸くした。

「うん」

「何かバレエダンサーの関係が？」

「いやいや、全くない。ビートルズの街を一度目にしてみたかったんだ」

「あっ、そうですか」と言って佐野は席を立った。

「あの私」とそのタイミングで小さな声で香織が言った。

「うん？」

「ビートルズ大好きなんです」と言った顔が赤らんだ。

「ほう。そうなんだ。初耳」

　香織は１９７０年代半ば生まれのはずだから、生まれたときにはビートルズは解散している。それでも聴いていたという。

「どんな曲？」と僕は聞いた。

「小学生の頃に音楽の授業で〝レット・イット・ビー〟を聴いて。それからクラスのみんなで好きになりました」

香織は東京の私立女子校出身と聞いていた。授業でビートルズかあ、と僕はため息をついた。世代を超えるその存在感に今更ながら驚かされる。もうデビューから40年近くが過ぎているのだ。

「初期の単純なラブソングから解散までほとんど聴きました。今も聴いています」

「好きな曲は？」

「ほとんどみんな好きです」

「僕はね、中学の入学祝いに姉からはじめてレコードをもらったんだ。１９７１年の春」

「そうなんですか」と香織の目が輝いた。

「〝レット・イット・ビー〟が爆発的に流行っていて、１年近くもラジオのカウントダウン番組で1位を続けていた」

「凄い。オンタイムだったんですね」

「そう。解散説が流れていて。でもはっきりとしたことはわからずドギマギしていた。後でわかったんだけど、もうすでに解散していたんだね」

佐野が戻ってきた。

ロンドンからリヴァプールへは列車が1時間に1本くらいの割合で出ている。所要時間は約2時間30分。ロンドンのユーストン駅から出ている。日帰りはもちろん可能だが、一泊する手もある。ただし一泊するとリヴァプールを出る日の夜9時にヒースロー出発なので、もし電車に深刻な遅れがあると帰りの飛行機に乗れなくなることを覚悟しなければならない。まあ可能性は低いでしょうが。

どこでどうやって調べたのかはわからないが、佐野は手短に伝えてくれた。

「じゃあ、一泊で行ってみようかな」

2杯目のギネスを飲みながら僕は言った。

「私も行ってみたいです」

香織がめずらしく高い声を上げた。

大きな風が吹いていた。

武蔵野の森全体が揺れているような、ざわめきが鳴り響いている。

何もかもがまるで現実を見ているかのようにリアルに蘇ってくることに、僕は驚いていた。頭に次々と浮かぶその映像の細部までの鮮明さに背筋がぞくぞくした。パブのひとつひとつのシーンや言葉が目の前で起きているかのように頭に浮かぶ。たとえば香織の声。古い木のテーブルに刻まれた恋人たちの名前や言葉。それを無意識に指先でなぞる香織の姿。

個室の入り口にある小さな豆電球のような光が、辛うじて枕元に届いていた。

僕はただなす術もなく天井を眺めている。

武蔵野の森の病室にガサガサと雑音まで交えたストーンズが蘇る。

〝アズ・ティアーズ・ゴー・バイ〟〝ルビー・チューズデイ〟〝レディ・ジェーン〟

ストーンズフリークのイギリス人が掛けた歌がジュークボックスからこぼれてくる。

治らない癌。

それが僕にもたらしたことは色々あった。もちろん辛《つら》いことも多かった。

声帯をはずされ声を失った。

甲状腺や喉ぼとけや食道を失った。

余命2か月と言われた。

でも不思議なことに半年過ぎても僕は生きていた。

死は手を伸ばせばすぐそこに横たわっていた。死と同じ座標の上にいることを実感していた。そのことはなぜか自分にとっては安らぎに近いものでしかなかった。少しも恐怖などなかった。何もないそこの軸の上に横たわるのか。ただ平明にそういう考えが浮かぶばかりで、そこには不安も疑問もなかった。

癌になり死を宣告されること。

それによって僕は自分を自分の中に閉じ込めていった。

世界との関わりが少しずつ消えていく。

耳も遠くなり言葉を発することもできない。

孤独とは少し違っていた。そのような感傷的なものではなく、もっとオートマチックで平坦《へいたん》な、閉じ込められているという感覚。

ただ頭の中にはあまりにもリアルな過去の映像が溢れ続けている。

「私も行ってみたい」

香織の甲高い声。

それをかき消すパブのざわめき。

ギネスの苦さ。

ビターのぬるさ。

自分だけの記憶。

そこに広がる生々しく、怖いほどに写実的な世界——。

そのとき、僕は僕の中にいた。


午前8時15分にロンドン北部のユーストン駅を出発したヴァージン・トレインズは、ウエストコーストラインをひたすら北上していった。ロンドン発の北へ向かう列車。その窓外に広がるのは無味乾燥の白黒の世界、そう僕は勝手に想定していた。切り裂かれた崖《がけ》の上にへばりつくような、不毛の台地が荒涼と広がっているのだろう。

しかし窓から見える風景は想像していたものとはまるで違った。

ユーストン駅を出て北へ向かい走っても走っても、目に映るものは鬱蒼《うっそう》とした緑ばかりであった。線路の周りには取り囲むように大木が枝を伸ばし、ゆらめいている。どこまでも広がり続けるその光景に僕は半ば唖然《あぜん》としていた。

思い描いていたような荒涼とした北イングランドの景色などどこにもない。

見渡す限りの緑の連続。それはもしかしたらイギリス人の緑への飢餓感の証《あかし》なのかもしれないとやがて僕は思い至った。広がる平原や森林、それはフランスやドイツで見てきたものとは何かが違っていた。針葉樹と広葉樹、生えている木の違いなのか。理由はよくわからない。どんなに緑に覆われていたとしても、それらはどこか不自然で寒々しく見えてしまうのだ。

列車はほぼ満員にもかかわらず静まり返っていた。

イギリス的な静寂、そうとしかいえない静けさに車内は包まれていた。

僕は言葉もなく窓の外の風景を眺めていた。

そのとき、一瞬、切り裂くような叫びが響き渡った。

「お兄ちゃん！」

美沙の声だった。

列車は刻々とリヴァプールに近づいている。

あまりにもリアリティのあるその叫び声に、背筋が寒くなる。リヴァプールへと近づいているという、緊張や興奮がそうさせてしまっているのか。

ビートルズの生まれ故郷はもうすぐそこだ。

イギリス北西部のそんなに大きくはない港町。

その街でジョンとポールは生まれ、ウールトン地区のセント・ピーターズ教会で出会った。1957年7月6日のことと言われている。そのときポール・マッカートニーは15歳。クオリーメンというバンドで歌っていたジョン・レノンの歌声にほれ込み訪ねていったのがすべてのはじまりだった。その前年にはポールは母メアリーを乳癌で失っていた。翌年の1958年にはジョンの母ジュリアが、非番の警察官の運転する車に轢《ひ》かれて死亡している。近い時期に母を失ったことが2人の絆《きずな》をより強いものにしていった。それもみなリヴァプールという街の中でのできごとだ。


「〝エリナー・リグビー〟ってどういう意味なの？」とベッドの上で美沙が僕に聞いた。レコードやラジオから拾い集めたビートルズの曲を届けるようになって半年ほどが過ぎた頃のことだ。札幌は深い秋を迎えていた。美沙は何とか生き延びていた。

「人の名前じゃないかな」と僕は当てずっぽうに言った。

「どんな人？」と美沙は唇をキュッと歪《ゆが》めて言った。信用できませんという彼女の合図だった。そういうところは物凄く勘の鋭い妹だった。大人の理屈や理論や言い訳を、すかさず見抜くのだ。それは幼い頃から病院のベッドに臥《ふ》せって生きてきた妹が身につけた武器のひとつだった。そうやって彼女は彼女で闘ってきたのだ。

「ごめん。わからないな」と僕は謝った。

「誰の名前？　何をした人？」と美沙は真剣な表情で問い詰めてきた。調子が悪いのか、疲れているのか、感情が高ぶっているように見えた。

「調べてみて。今度までに。歌詞も知りたい。どんなことを歌っているのか」

「了解」と僕は答えた。

「今度来るまでにできるかどうかわからないけれど、頑張ってみるよ」と。

「約束よ」

「うん。約束する」

美沙の顔が少しだけ柔らかく、明るくなったように思えた。しかしここのところの痩《や》せ方は容赦ないもので、治療の激しさと体調の悪さを物語っているようだった。

「お兄ちゃん」と美沙は窓からの夕日に瞳を照らしながら言った。

「私はね。もうすぐ死ぬ」

「そんなことはないさ」

「うん。それはいいの。お願いがあるの」

「何？」

「死ぬということは三次元の世界から二次元に帰っていくことかなって。立体から平面に。平面の中に閉じ込められていくのかなって。写真のプリントみたいにペラペラに」

「そう？」

「仕方ないわ」

「お願いって？」

僕が聞くと美沙はベッドの上ですっと両腕を伸ばし頭の上にかざした。そして大きな瞳で僕を見た。

「抱きしめてね」と美沙は言った。涙が一杯に浮かんでいる。夕日がゆらゆらと揺れている。

「抱きしめる？」

「そう。私が死んだら、私の体を抱きしめて。胸の中に」

オレンジ色の夕日が2粒の水滴となって妹の頬の上を這《は》い落ちていく。

「わかったよ」と僕は妹のおでこを撫ぜた。利発さを象徴するような大好きな愛らしいおでこ。

そして言った。

「約束するよ」

抱きしめる。その言葉が僕が届けたビートルズの歌に教えられたものであることに僕は気がついていた。それまでの美沙はそんな言葉を使ったことなど一度もなかったし、思い浮かべたこともなかっただろう。

次の日に学校に行ってエリナー・リグビーについて調査を開始した。ライナーノーツの歌詞を見てもさっぱり訳がわからない。その頃、僕のクラスではビートルズのブームが起こり、ビートルズ博士と目される東海林《しょうじ》というクラスメイトがいて、彼に聞けばある程度のことはわかるのではないかと考えた。あるいは〝リッスン・トゥー・ミー〟に頼んで訳してもらうか。また、僕にとっては神様のような存在だった4丁目玉光堂の店員、菅原美《すがわらみ》歩《ほ》さんに聞くかだ。彼女は本当に何でも知っていて、ラジオでなんとなく憶えた僕の鼻歌のサビを聴いただけで、いつも魔法のようにラックからそれが収録されているビートルズのレコードを引っ張り出してくれたのだった。

なぜ、彼女の名前を知っているか。胸に下げた小さな名札に、そう書いてあったからだ。

3日間くらいで大体の概要がわかった。

大抵のことは東海林が教えてくれた。

エリナー・リグビーとは教会に住み着く年老いた貧しい清掃婦の名前で、結婚式に撒《ま》かれる米を拾ったりしながら生活している。婚期を逸し、生涯を独身のまま通した。そしてある朝、誰に知られることもなく教会の中で息を引き取る。

もう1人の登場人物はファザー・マッケンジー。誰にも説教を聞いてもらえない、煙たがられる存在の神父。

その二つの孤独が、一瞬だけ触れ合う物語で歌詞は作られている。

概ねそういう内容だった。

僕は東海林から教えてもらったストーリーの概要を思い浮かべながら、必死に歌詞カードを読み込んだ。辞書と首っ引きで。いくら単語を調べても、理解できないことがいくつかあった。しかし歌詞の尻尾《しっぽ》を捕まえたように思えた。

僕は懸命に美沙に伝えた。

この歌の意味を。何を歌おうとしているのかを。

さすがに、孤独のままエリナーが死にマッケンジーが穴を掘り彼女を埋めて汚れを払った、というくだりを説明することはできなかった。

かいつまんでの説明だったが、美沙は何とか納得してくれた。

「だからあんなに暗いんだ。声も音階も演奏も何もかも」と美沙は言った。歳の割には大人びた言葉。

「そうかもね」と僕は頷いた。

「そうじゃないかなって思ってた」

「何が？」

「寂しさは何となくわかるの」と美沙はときどき見せるどこにも焦点が合っていないような、空虚な視線を投げかけてきた。怒りも悲しみもなく、諦めと虚《うつ》ろさだけが宿っているような瞳。年齢にそぐわない、成熟した言葉と共鳴したような虚ろな視線。

妹の抱えているどうしようもない孤独を感じてやることはできないかと考えた。しかし、それは恐ろしいことで体中が凍り付くような感覚が伴った。

妹の孤独を抱える、それは死を抱えるのと同じようなことだった。

病院のベッドの上で、痩せこけた妹はそれに耐えている。

「希望を持たせないように」といつか父は僕に言った。

「なるべく美沙に希望を持たせないように」と繰り返した。

「どうして？」と僕は聞いた。

「可哀そうだから」と父は目を伏せた。

その意味が僕にもわからなくはなかった。

死んでいく人間にとって希望がもたらすもの、それは苦しみだけでしかない。おそらくそういうことなのだと思う。


その年、札幌オリンピックが終わった年のクリスマス。

僕は美沙に1枚のレコードを贈った。

『レット・イット・ビー』

自分自身も欲しくてたまらないアルバム。立派な写真集が付属した豪華版で、当時としてはびっくりするような価格だった。小遣いの約半年分。4人のメンバーの顔写真が分割され、黒を基調にしたレコードケースのデザインは格別で、また透き通る赤色のレコード盤とその真ん中に座る青いリンゴのシンボルが燦然《さんぜん》と輝いていた。

僕は玉光堂に走り、母と姉に金をかりて全財産を叩《はた》いてそれを購入した。

自分には買えないが、美沙のためにならできた。

妹を取り囲む孤独を思うと居ても立ってもいられなかった。

それが希望を運ぶことなのかどうかはわからない。ただ少しでも美沙の気が紛れてくれればいいと願った。色を失くしつつある美沙の世界にせめて旋律という色彩を与えてやりたかった。僕はA面とB面のすべてを、できるだけ丁寧にカセットに録音して届けた。忘れもしない1972年のクリスマス。札幌の街は相変わらず雪に覆われて真っ白な世界だった。

「はい。クリスマスプレゼントだよ」

僕はアルバムを美沙に手渡した。カーテンで仕切られた空間。

そしていつものようにカセットテープレコーダーを用意して、曲を流した。

美沙はまばたきもせずに手にした写真集に見入っていた。やがてレコーダーからギターをかき鳴らすようなイントロが流れてくる。痩せ細った妹にしてやることのできる、僕の精一杯のプレゼントだった。

〝トゥ・オブ・アス〟が流れ、〝アクロス・ザ・ユニバース〟のもの悲しい調べが響き、やがてそんなに大きな音の出せない4人部屋の片隅に、カセットのがさついた音質ではあるが静かなピアノの音が響いてきた。惚《ほ》れ惚《ぼ》れするような美しい和音。それにかぶさるように、ポール・マッカートニーの高くしっとりとしたボーカルが響き渡る。

〝レット・イット・ビー〟

この9か月の間に美沙はすっかりビートルズを好きになってくれていた。

その美沙がパジャマに包まれた体を微動だにせず聴き入っている。

真っ白い世界の片隅で、雷に撃たれた小鹿のように。

いつも寄り添って過ごした空間。

左腕には点滴の針が刺さり、その管が窓から差し込んだ光に照らされて透明に輝いていた。

「お兄ちゃん」と曲が終わると美沙は言った。

「もう止めて」

「そう？　B面は？」

「もう十分。ありがとう」

「気に入ってくれた」

「うん。最高。私の宝物よ」

「それはよかった」

「本当にありがとう」と美沙は言い、静かに目を閉じたのだった。


病院を出て家への道すがら、僕は考えた。

僕が運んだのは希望だったのだろうか。

そうだとすれば、それは美沙にとって可哀そうなことなのか。

雪の勢いが激しくなっていた。

それをかき分けるように考えた。

別れ際の見たこともないような美沙の穏やかな寝顔を思い浮かべた。

「希望じゃないさ」と僕はかじかむ口元を動かした。

「それは、ただの音符だ」

「音色という音符の集合体だ」

どうしてだろう、そのとき不意に僕の心の中に激しい怒りが込み上げてきた。それは抑えようもない力となり胸一杯に膨れ上がっていった。

父への怒りだった。

その日、僕は父が帰宅するのを夜遅くまで待っていた。そして激しくぶつかった。母も姉も止められず驚きを隠せないほどに僕はぶつかった。声を張り上げた。自分でも半分、訳がわからなかった。

「大人は卑怯《ひきよう》だ！」

それまでの僕はどちらかというと大人しく父親の言うことによく従う、扱いやすい子どもだった。父に直接何かを叫んだり逆らったりするのもはじめてのことだった。それがどんなに許されないことなのかも、僕はわかっていた。ただ頭の中ではわかっているつもりでも体がそれに従おうとしない。

反抗心、あるいは反骨心。

僕は心の底から煮えたぎるマグマのような何かを、制御することができなかった。

父の胸ぐらに摑《つか》みかかった。

一瞬驚きを見せた父は、しかしそれをすぐに振り払う。

それでも再び摑みかかろうとする僕を、業を煮やした父は突き飛ばした。僕は弾き飛ばされリビングのテーブルに頭をしたたかに打ちつけた。雷のような痛みが体を走り抜けた。

しかしそれは怒りを増幅させるエネルギーでしかなかった。僕は立ち上がり父に再び体をぶつけていく。

「美沙を僕の学校に行かせろ！」

そう叫んだ。

「美沙を僕の学校に！」

狂ったようにそればかりを叫び続ける。

「無理だ」と父は声を張り上げる。

「無理じゃない」と僕は叫ぶ。怒りが新しい怒りを作り出す。僕はそのままに委ねた。

「美沙を僕の学校に」

「今の美沙の体力じゃ無理なんだ」

「無理じゃない」

「無理だ。馬鹿野郎」と言って父は僕の頭を引っ叩いた。

僕はあらん限りの怒りをかき集めて父を睨《にら》みつけた。

凍り付いたような何秒かが過ぎた。

僕は固まった。予想もしなかったことが起こったからだ。

父が泣いていた。

僕は動きを止めた。

涙が流れていた。

あれ程いつも強くて正しくて威厳に満ちた父が、僕の前で泣いている。

声を上げて泣いている……。


〝宇宙を横切っていく〟

その瞬間、かすんでいく意識の中で僕の頭に辛うじてその言葉が浮かび上がった。

美沙が〝レット・イット・ビー〟と並び大好きだといった曲。〝アクロス・ザ・ユニバース〟。

明日、翻訳して枕元に届けてやろうと思っていた。

僕は子ども部屋のベッドの中に潜り込んでいた。

泣きだした父を隠そうとするかのように母が僕の前に立ちはだかり、そして僕の首根っこを摑み部屋の中に放り込んだ。母のエネルギーは凄《すさ》まじく、僕は一切の抵抗を諦めていた。

僕に救いはなかった。父を泣かせる。それは許されることではなかった。

氷点下10度に迫ろうかという冷気が取り囲んでいた。

父に申し訳なく思った。

でも謝ることはできない。

ただどうしてそんなことに気づかなかったのだろうと、思い至った。

父だって悲しいのだ――。

言葉はどうすることもできない感情とともに僕の中から溢れ続けている。

札幌の冬の夜は凍り付いたように暗く、どうすることもできないほどに冷たいままだ。

今このときも運命に逆らうこともできずに体を丸めて耐えているだろう小さな妹を思う。

僕は僕で1人きりの部屋の中で孤独に耐え、教会の床に撒かれた米粒をかき集めるように、心の中にあるのかどうかさえもわからない、心もとない勇気を必死にかき集めていた。

1972年。

笠谷が敗れた年の暮れ。

それは雪に覆われた真っ白なクリスマスの夜のことだ。

ロンドンのユーストン駅を出た列車は刻々とリヴァプールに近づいている。2人の編集者は気持ちよさそうに眠っていた。明るい時間からのビターが効いたのだろう。そんな2人を眺めながら、僕の脳裏には様々なメロディーが蘇っていく。

ビートルズの初期のラブソングばかりだった。

〝プリーズ・プリーズ・ミー〟〝シー・ラヴズ・ユー〟〝イフ・アイ・フェル〟〝オール・マイ・ラヴィング〟〝アンド・アイ・ラヴ・ハー〟そして〝抱きしめたい〟などなど。今でも思い出すだけで胸の奥がむず痒くなるような清純なラブソング。

なかなか周波数を合わすことのできないトランジスタラジオに耳を当てながら必死に探り当てた音楽たち。それを頭と口の中で何回も反芻《はんすう》し記憶し、4丁目の玉光堂へ駆け込んだ日々。中学生の僕はその不安定な音を通して、人生ではじめての世界とのつながりを予感していた。このほんの小さなラジオ一台で、世界とつながることができる。

僕の口ずさむ歌を聴き、菅原美歩は曲名を教えてくれた。

その歌を膨大なラックの中から取り出してくれた。

僕はそれを妹の部屋に運び込んだ。巣の中で待つ雛に、餌を探し回り送り届ける燕の親鳥と同じような気持ちだったのだと思う。

僕の大切な雛は、それを喜んでついばんでくれた。

そして2人はほんのわずかに救われたような気持ちになった。1人が歓べば1人が報われた。ビートルズという小さな粟《あわ》の粒。それは一度ついばんでくれれば、やがて心の中に栄養となって大きく広がっていく。

僕はその力を信じた。

そう信じるしかなかった。

「どこから回りますか？」

浅い眠りから醒めた佐野が僕に聞いた。

「ペニー・レイン。セント・ピーターズ教会。ストロベリー・フィールド孤児院。そんなところかなあ。基本中の基本」

「あとはビートルズ・ストーリーやジョンとポールの生家。ですかね？」

僕は頷いた。

「それに彼らの遊び場だったマシュー通りとキャヴァーンクラブといったところですかね」と小さな声で、佐野は目を擦りながら言った。

「全部、回れるツアーがあるんだよな」と僕は言った。

「はい。マジカル・ミステリーツアー」

「でも、今回はツアーはやめておこう」

「そうですか?」

「うん。自力で回ってみよう」

「結構大変そうですよ。リヴァプールは意外と広く交通の便もよくないらしいです」

「仕方ないさ。そういう街に行くんだから。それに……」

「それに?」

「回れるだけでいい。全部じゃなくても。何もかもを見てしまう必要はないだろう」

仕事じゃないんだから、という言葉を飲み込んだ。

電車はやはり緑に覆われたリヴァプールの街に入っていった。石造りのアパートが整然と立ち並ぶ、想像していたよりもはるかに美しい街並みが見渡せる。6月の終わり。緑も美しいのだが、でもどこか寒々しかった。

列車を降りてホームに立つと、スーッと冷気が走り抜けた。

微かではあるが足が震える。武者震いだと自分に言い聞かせる。

駅から街に出た。1971年に知り憧《あこが》れ続けたビートルズの街。

「とりあえず、どこから行きますか？」と佐野が聞いた。

「セント・ピーターズ教会から」

電車とバスを乗り継いでウールトンに向かった。

セント・ピーターズ教会は古いレンガの建物で、想像していたよりも遥《はる》かに大きかった。質素ではあるが威厳に満ちていた。

「ここにエリナー・リグビーのお墓があります」

「えっ？」と僕は思わず叫んだ。

だって、エリナー・リグビーって歌詞の中、ポールの想像上の架空の人物だろう？　と僕は胸の中で呟いた。

「20年ぐらい前に、エリナー・リグビーの実際のお墓が見つかりました」

まるで僕の驚きを見透かしたように佐野が言った。

まったく知らなかった。

香織は僕と佐野のやりとりに耳を傾けながら沈黙を保っている。

僕らは教会の裏にある広い墓地を歩き回った。

古く、しかし整然としたシンメトリーな空間。

墓石は白く、土は黒い。空は分厚い灰色の雲に覆われている。

色のない世界。昔見た〝エリナー・リグビー〟のフィルムと変わらない。

少しだけ胸が苦しくなった。

この教会のどこかでジョンとポールは出会い、やがてポールはギターを背負って、自転車でジョンの家に通うようになる。AとG、二つのコードしか知らなかったジョンに、ギターのチューニングの仕方から粘り強くポールは教え込んでいった。

ポールは15歳、ジョンは16歳。

100年に一度現れるかどうか、と言われる天才2人が、この古い教会で出会った運命を思う。

この港町で、自転車で通えるような距離に生まれてきた奇跡。

その原点に僕は立っていた。

宇宙から見ると点にすらならないような場所で、2人はすれ違いそして邂逅《かいこう》した。

エリナー・リグビーの墓石には〝DIED 10TH OCT 1939 AGED 44 YEARS〟と彫られている。

エリナー・リグビーの墓にはビートルズファンからのものと思われる花が手向けられていた。しかしそのどれもが枯れて色を失っている。空はコンクリートのような灰色の雲に覆われ、肌に吸い付くような微かな雨が降り出していた。霧との中間のような雨。

「花屋を探そうか」と僕は言った。

「花屋ですか？」と香織が声を上げた。

3人で手分けして教会の近くの花屋を探した。香織がゆるやかな坂の途中にある小さなフラワー・ショップを探し当ててきた。

老婆が1人で営んでいる。

僕らはバラやマーガレットや目につく切り花を思いつくままにオーダーし、なるべく華やかな花束を作ってもらった。それを持ち教会の墓地へと戻った。

そしてエリナー・リグビーの墓石の前に捧《ささ》げた。

僕は怖かった。だからきっと少しでも色彩を加えたかった。そうしなければこのまま白黒の世界に封じ込まれてしまうような気がしたからだ。

花束はほんのわずかな色を与えているように見えた。

しかしそれも間もなく失われていくのだろう。

それからペニー・レインに向かったのだと思う。

歌にある通りのレンガ造りのアパートが連なる、愛らしい佇《たたず》まいのストリート。床屋も花屋もコーヒーショップもおそらく歌のままの通りに存在していた。

その並びに僕は古くて小さな画材屋のようなものを見つけた。

看板には〝since 1929〟とある。

何かの目的があったわけではないが僕は吸い寄せられるように、ふらりとその店の扉を潜った。そして1枚の古い木製のパレットを見つけたのだった。

店を出て僕らはペニー・レインの並びにあるパブに入りひと休みすることにした。看板メニューと思われるフィッシュアンドチップスとギネスの生を注文する。

「しかし、6月というのに。こんなに寒くて暗いんだ」と僕は言った。

札幌の6月も寒い日はまれにあったけれど、空は突き抜けるように明るく青かった。太陽も光り輝いていた。

ペニー・レインの片隅のパブでギネスを飲んでいると不思議な錯覚に囚《とら》われた。僕が真夜中に布団に潜り込み、必死になってなかなか合わないラジオのチューナーを回しながら探し続けたビートルズのナンバー。そのほとんどはこの町で生まれ、この町から僕の布団の中まで届けられたのだ。

もう30年近くも昔のことだ。

ジョンとポールはこのストリートを歩き、お互いを高め合い、次々と歴史的な名曲を創りあげていった。2人がそこのドアを開けて今にも入ってくるような白昼夢に僕は駆られていた。

「これからどうします?」と佐野は言った。

「うん。まあポールの実家に行ってジョンの家との距離を体感しておきたい気もするし。ストロベリー・フィールドの赤い鉄柵《てつさく》も見てみたい。リンゴの母親が働いていた古いパブもあるし、ビートルズ・ストーリーもある」

「そうですね」

「でも、まあもういいかな」と僕は言った。

「えっ?」と佐野は目を見開いた。

「エリナー・リグビーのお墓とペニー・レインを見たから、僕はもう十分かな」

「まだ時間はたっぷりありますよ」

「うん。でもまあ、何もかも見てしまうのもなあ」

「そうですか」

「もったいないような。いつになるかはわからないけど次に来たときの楽しみにとっておこうかな。セント・ピーターズ教会で十分だ。よかったら2人で行っておいで。僕はホテルで寝転がっているよ」

「晩御飯は？」

「大丈夫。これを持って帰るから」と僕は半分食べ残したフィッシュアンドチップスを指さして言った。


佐野が用意してくれたホテルはリヴァプール市に沿うように流れるマージー川に面していて、そんなに広くはないが清潔で眺めのいい部屋だった。

僕はとりあえず靴を脱いで、ベッドの上に寝転がった。

どのくらいかはわからない。そのまましばらく眠ってしまっていた。

うとうととしながら目を開ける。

ベッドは窓際に位置し、頭上には真っ白な天井があった。

「フーッ」とため息をついた。ここはリヴァプールなのだと思うと胸がざわめいた。

窓からは灰色の空が少しずつ闇の中に沈んでいこうとしているのが見渡せた。

白と黒。何の色もなく音もない世界。

それは中学のときに映像で見たエリナー・リグビーの街そのままだった。

白黒の世界の中を、声もなく急ぎ足で歩く労働者たちの姿。

それは僕にとっては恐怖を象徴するような姿だった。

彼らはどこから来て、どこへ行こうとしているのだろう。

工場からの黒い煙ばかりが広がる空、悲しいほどに陰鬱な風景。

まだ僕は眠りの中にいたのかもしれない。

不意に何かの弾みで、はっきりと意識を取り戻した。

真っ暗な部屋に、見上げる白い天井に何かの気配を感じたのだ。僕は目を見開きそれを探る。何かはわからない。白いだけだった天井に何かが揺らめいている。窓に手を伸ばして、薄いレースのカーテンを引いた。

暗闇に沈んだマージー川。そこにいくつかの小さな色彩が反射していた。町の灯《あか》りや車のライトや店のネオンや、よくわからないがそのような人間の営みが発する光を集め反射しているのだった。

それはパレットに落としたひと粒ひと粒の油絵具のようだった。

マージー川がパレットで光が絵具。

昼間にペニー・レインで見つけたものと同じように、まるでリヴァプールのパレットのようにうっすらとではあるが色を放っていたのだった。

大きな船がその真ん中を遡《さかのぼ》っていく。

リヴァプールに色彩はある。それを見届けた。

僕は何かから解放されたような安堵《あんど》感に包まれ、やがて深い眠りに落ちたのだった。


結局のところ美沙は僕の中学に進学した。

父が折れたのだ。

僕は毎日美沙を連れて学校に行き、家まで一緒に帰った。

「それができるのなら、同じ中学に行かせてみようか」

父の口からその言葉が漏れたときの美沙の喜び様といったらなかった。飛び跳ねて喜んだ。どこにそんな力が残っているんだと思うほどに何度も何度も飛び跳ねて喜び、目からは涙が迸《ほとばし》っていた。

小さく痩せ細っていた美沙だったが、入学式の制服姿の清楚《せいそ》な愛らしさは忘れられない。美沙は最前列の椅子に腰かけ、まるで幼稚園児のようにキョロキョロしながら僕の姿を探していた。

帰りに学校の門で2人で写真を撮った。美沙の満面に笑みが浮かんだ晴れがましい姿。写真を撮った母が涙を浮かべていた。3人で市内にできたばかりのファミレスに行った。この3人でどこかに出かけるのははじめてのことだった。

「良かったね、美沙ちゃん」と言う母も晴れがましく見えた。

「うん」と美沙は大きなチョコレートパフェに挑みながら頷いた。

北国の長い冬が去り、ようやく訪れた鮮やかな青い晴れ間。そんな印象とともに僕の記憶に刻み込まれた光景である。

春から夏にかけて美沙の病状は小康状態を続けていて、休むこともあるが何とか中学へ通うことができていた。はじめて触れる英語の授業が大好きになり、〝リッスン・トゥー・ミー〟を教祖のように尊敬していた。僕がプレゼントしたアルバム『レット・イット・ビー』のライナーノーツを宝物のように大切にしていて、そこにある歌詞を翻訳することに取り組んでいた。短い歌詞とはいえ、英語を習いたての妹にはそれは非常に困難な作業だった。しかし、辞書と格闘しながら美沙は必死に挑み続けていた。

僕はクラスメイトの東海林とバンドを組んで、ビートルズの曲のコードを憶え、ギターを猛練習していた。スリーコードを憶え、FとB♭の壁にぶつかっていた。

短くて爽《さわ》やかな夏が通り過ぎていった。

その頃から美沙の体調は少しずつ崩れはじめる。学校に連れていけないことも多くなり、家で寝込む日々が続いた。それでも美沙はベッドの中でビートルズの歌詞を訳し続けた。学校に行けない日にはそれに取り組み〝リッスン・トゥー・ミー〟に見せることが2人の約束になっているようだった。

ビートルズの解散は噂を超えて確定的なものとなっていた。

ポールとジョンはそれぞれのシングル盤を出し、ジョージ・ハリスンはバングラデシュ救済コンサートを積極的に開催し、それぞれに世界を大きく動かしていた。

11月、札幌の街には雪虫が大きな群れで飛び交い、空を白く覆いつくしていた。

美沙は動くことができなくなりつつあり、やがて入院することになった。

ある夜、僕は父に伝えられた。

美沙の状態が相当に深刻なこと。もしかしたら年は越せないかもしれないと。でも中学に進学して何とか半年は勉強したんだから、それは良かったよな、と呟いた。

僕たちは1973年の末になってもビートルズの解散をなかなか受け入れることができずにいたのかもしれない。ラジオからはいつまでも〝レット・イット・ビー〟が流れ続けていた。メンバーが個人としてそれぞれに発表したアルバムもなかなか受け入れることができずにいた。しかしその停滞もやがてひとつの歌の存在で崩れていく。

ジョン・レノンの歌〝イマジン〟である。

イマジンは1971年の終わり頃発表されたのだが、それが札幌の街に十分に行き渡るようになるにはある程度の時間を要した。オリンピックにより急速に世界に接近した札幌市ではあるが、現実的には世界の最先端からはまだ遠く離れていたのかもしれない。

1973年のクリスマス。

僕は『イマジン』のアルバムを美沙にプレゼントした。

しかし美沙はあまり喜ばなかった。美沙は単純で清々しい初期のラブソングが好みで、特に解散後のジョン・レノンのメッセージ性の強い楽曲はなかなか受け入れてくれなかった。

それは僕にも同じような傾向があった。

その年を何とか美沙は越した。

大晦日《おおみそか》から正月にかけて5日間だけ家に戻ってきた。

家族で新年を祝った。

そしてすぐにまた病院へと舞い戻った。

父が僕たち家族に美沙がいかに深刻な状態であるかを再び告げた。この正月を迎えられたこと自体が奇跡といってもいいと。

やがて面会謝絶となった。

それでも構わず僕は毎日、美沙の病室を訪ねた。病院のスタッフは皆、僕のことを知っていて、咎《とが》められることは一度もなかった。

札幌オリンピックから間もなく2年が過ぎようとしていた。

美沙の病室から大倉シャンツェを見てそれを実感した。あのジャンプ台で札幌全市民の夢と希望を背負った笠谷幸生は2本目の飛躍に挑んだ。１００メートル少しを飛べば金メダル確定と言われていた。それは笠谷にとっては訳もないはずのことだった。その前に行われた70メートル級で日本ジャンプ陣が金・銀・銅を独占し、青空に三つの日の丸が並んではためいた。90メートル級も間違いないと誰もが思っていた。しかし、その歴史的チャレンジは一瞬で終わった。ため息とともに。

いつも通りのスムーズな滑りから踏切を終えた直後に、あろうことか笠谷に強風が吹きつけた。笠谷は煽《あお》られ空中でバランスを崩す。当時の笠谷にとってはまずありえない100メートルを超せないジャンプに終わってしまったのだ。

華やかな閉会式が終わり、祭典は過ぎていった。

大会が終わり人々は去っていったが、僕ら中学生の手には持ち切れないほどの矜持《きょうじ》が残されていた。

皆でオリンピックを成し遂げたのだ。

それは世界の一員として認められたということなのだ。

「宇宙を横切る」と小さな声で美沙は言った。

「アクロス・ザ・ユニバース?」と僕は聞いた。

「そう。どう、お兄ちゃん」

美沙の掠《かす》れた声が蘇ってくる。

僕はベッドの上で目を閉じていた。

美沙は自分の翻訳に納得すると、僕に感想を聞いてくるようになっていた。ビートルズの歌を上手《うま》く訳すこと、それが美沙にとっての大きな希望であった。生きていくエンジンといってもよかったかもしれない。

希望が無駄になるなんてことはないのだ。

それを自分の手で運び込んだことに、僕は満足していた。

しかし、そのことにも限界が近づいていると、さすがに僕も気づいていた。

30キロもないような妹の体は見る度に悲しいくらいに痩せ細っていった。死ぬことは平面になることなの、という自分の言葉の通りにまるで紙のように薄くなっていく美沙。胎児のように体を丸めていることが多くなった。そうやって誰かに抱き上げられることを待っているかのように。

１人で勝ち目のない病気と果敢に闘ってきた妹よ。

君は僕の誇りだ。

父が折れるまで粘り抜いて僕の中学に進学までして。

本当によく頑張ったね。

「これ時間のことを歌っているんじゃないかな」と美沙は呟くように言った。

「アクロス・ザ・ユニバース？」

「そう、私たちは時間を横切っているの」

「なるほど」

「ただの勘よ」

「いや、その通りかもしれないね」と僕は妹の解釈の鋭さに感心しながら言った。

「お兄ちゃん？」

「なんだい？」

「時間なんか……」

「うん」

美沙は涙ぐんでいた。そして最後の力を振り絞るようにこう続けた。

「時間なんか、なくなってしまえばいいのに」と。


僕は薄く目を開けた。

病院の個室の天井に小さく鮮やかな光の粒が輝いているように見える。

手術後に悩まされ続けている幻覚や幻想。そうであることはわかっていたが、最近の僕はそれを打ち消そうとはせずに放ったらかしにして、むしろ受け入れることが多くなっていた。病気に慣れるということは、それの繰り返しなのかもしれない。

天井の真ん中に暗い川が流れはじめ、よく見るとその上に微かな光が集まっていた。

マージー川だ。

間違いない。

20年前に見たリヴァプールの光景が蘇っている。

「ねえ、お兄ちゃん」と涙を拭って美沙は言った。

消え入るような声だった。

「お願いがあるの。〝レット・イット・ビー〟をかけて」

僕は何も言わずにカセットレコーダーのスイッチを押した。

「〝アクロス・ザ・ユニバース〟と〝レット・イット・ビー〟それと……」

「それと?」

「〝エリナー・リグビー〟と〝抱きしめたい〟」

「うん、オーケー」

僕はテーブルの上のカセットレコーダーの音量を下げて美沙の布団の中に入れてやった。

そしてそっと頭を撫ぜた。

小さな音が微かに布団からこぼれてくる。

「宇宙を横切る」と美沙は言った。

その言葉がなぜか彼女の宣言のように聞こえて、僕は身震いした。

〝エリナー・リグビー〟が流れてきた。

「この教会で2人は出会ったのよね」と美沙は囁《ささや》いた。

「そうだよ」

「どんな教会なのかなあ」

そのとき、僕には答えることができなかった。

そのエピソードは東海林から聞いていたが、教会の写真を見たことはなかった。

〝抱きしめたい〟が流れてくる。

僕の胸は張り裂けそうだった。

愛情と切なさで満杯になってしまっていた。

「もう一度……」

そう言って美沙は布団を頭から被《かぶ》った。僕はレコーダーを取り出して巻き戻した。

そのもどかしい時間の間に妹は言葉を失った。僕は巻き戻したカセットを妹の布団の中に入れてやった。微かに頷いたのかと思う。それが僕が見た美沙の最後の姿だった。

僕は布団をそのままにして曲を聴き、そして〝抱きしめたい〟が流れたときに静かに部屋を出た。

明るい希望に満ちたラブソング。

美沙のもとに届いていることを祈った。

涙をこらえることができなかった。

次の日の英語の授業中。

事務員から呼び出しを受けた〝リッスン・トゥー・ミー〟が教室に戻ってきて、僕の近くに来て肩を叩《たた》いた。目に涙が溢れている。その瞬間、僕はすべてを理解した。

〝抱きしめたい〟が流れた翌日の朝、美沙はこの世を去った。

母の腕に抱かれ、そのまま眠るように息を引き取ったという。

胎児のように体を丸め、静かな最後だった。

美沙の残したエリナー・リグビーの訳詞。その紙を後日、〃リッスン・トゥー・ミー〃が僕にくれた。言葉の意味を僕は正確には理解できなかった。ただあの白黒の映像と何も言わずに俯《うつむ》いて歩く人々の群れ、その憂鬱に反応した美沙の凍えるような孤独への共鳴が伝わってくる。僕はときどき思い悩むことがあった。ビートルズが僕たちに運び込んだものの。それは自由だったのか孤独だったのか。

人々の発する生活の光をそっと集めて輝くマージー川。

リヴァプールに色彩はあった。

それを美沙に伝えてやりたい。

絵具を置いたパレットのようだったマージー川。

早ければ2か月、と僕はこの病気の診断が確定してすぐに主治医に伝えられた。

そんなもんか、というのが自分の正直なところで、驚くほどに何も感じなかった。

姉の理恵子は医学部に行けという父の言葉に逆らい、京都の大学に進学した。そして当時真っ盛りだった学生運動に巻き込まれ、若くして命を落とした。

父は79歳で、母は82歳でこの世を去った。

亡くなってもう10年以上がたつ。

宇宙を横切っているというべきなのだろうか。

東海林は58歳で難病を発しこの世を去った。

〝リッスン・トゥー・ミー〟と菅原美歩の消息はわからない。

ただこれだけは間違いない。

2人ともそれぞれの場所できっと宇宙を横切っていることだろう。


「死んだら1枚の紙になって、お兄ちゃんの胸の中に飛び込むの」

美沙は言った。

「いい？」

「もちろんだよ」

「そしてお兄ちゃんが死ぬまでそこで生きるの」

「ああ」

「いい？」

「もちろんさ」

「私、何も怖くない」

そのときを主治医によって早ければ2か月と宣告され、しかしいつの間にか半年が過ぎようとしている。

宣告を受けて僕がしたことはただひとつ。退院を許可されたわずかな日に、仕事部屋の机の中に忍ばせておいた1枚の木のパレットを松坂香織に送ったことだ。自分が死んだらこれを一緒に燃やしてくれと書き添えて。

どこにでもある平凡な1枚のパレット。それを美沙に届けなければならない。

滑降のコースとなった恵庭岳の斜面は、オリンピック終了後に丁寧に植林され元の森に戻された。

病院の天井を眺めながらそんな記憶が蘇ってくる。

医者が言うように僕はもうすぐ死ぬのかもしれない。

それはある意味で恵庭岳のコースと同じことなのだ。

滑降コースとなった人生を生き、そして元の森に戻されていく。

それだけのことだ。

リヴァプールのパレット。

その光は想像の産物だったのかもしれないと思うこともある。あの光の集まりは現実としてはあまりにもあやふやなものだった。

　僕は長く過ごしてきた病院のベッドの上で、こう考えるようになっていた。もしかしたら手のひらで溶けて夢になってしまったはずのものが、再び記憶に戻っていくことだって、ないとはいえないのかもしれない。

僕たちの星

Stars Among Us

高校時代に何をやっていたのかと聞かれて、非常に答えに困ってしまった経験がある。しばらく真面目に考えてみたのだが、しかしいくら考えても何ひとつ浮かんでこない。

それほど僕の高校生活は無目的で茫洋《ぼうよう》としていた。

小学生の頃なら少年野球をやっていたし、中学時代はバスケットボールの選手だった。それぞれに僕はこれをやっているというはっきりとしたものを持っていたわけである。

それが高校進学と同時に何もなくなってしまった。

部活は何をやっていたかと聞かれれば、美術部だった。しかし小学生の頃の野球や、中学時代のバスケットボールのようにそんなに一生懸命、積極的にやっていたわけではなく、むしろその正反対だった。どちらかというと学校の中での自分の居場所のようなものを探しているうちに、いつの間にか美術室のドアを開けて滑り込んでいたという感じであった。

なぜ美術部なのかと聞かれればさらに答えに窮する。

小中学校時代、僕は絵を描くのが苦手だったし、そもそもあまり好きではなかった。漫画を描くのも下手だったし、塗り絵はいつもクレヨンが線からはみ出して原形が消えてしまい、最終的には何の絵を描いていたのかもわからなくなってしまうことが多かった。

そんな僕が札幌市内の高校へ進学して間もなくのころ、どうして美術部のドアを開けたのかは今も理由がわからない。ガラッと大きな音をたててドアが開くと、そんなに広いとはいえない仕切られた教室の中で白い石膏《せっこう》像を取り囲んだ何人かの男女が木炭を走らせていた。よく見るとそれぞれがお互いの絵が微妙に見えないような位置取りをしているらしく、ステルス戦闘機のような状態で全員が自分のデッサンに没頭していた。部屋にはペトロールの匂いが漂っていて、その甘い香りに頭がクラクラした。

5月のよく晴れた日のことだった。

部室には西の空から夕陽が差し込み、室内のすべての光景に深い陰影をもたらしていた。部屋の中はカサカサと木炭を走らせる音と消しゴム代わりにパンで擦る音がときどき微《かす》かに響き渡るだけで、その静けさは心地よかった。

「あのう、すみません」と僕は誰にともなく思い切って大きな声を上げた。

「はい、なんですか？」とデッサンに集中していた上級生の女子が反応してくれた。

「入部希望なんですけど」と僕は咄嗟《とっさ》に言った。

「美術部に？」

「はい。美術部です」

「じゃあ、ここに名前とクラスと住所を書いておいて」と青いキャンパスノートを手渡された。僕はそれを持って窓際の席に座り必要事項を書きはじめた。本当に不思議なことなのだが、ドアを開ける前はただの部外者でしかなかったはずの僕が、ノートに必要事項を書き込んだ後では正式な美術部員となっていたのだった。

　美術部の活動は基本的には自由ということだった。

　要するに何をしてもいいということだ。石膏デッサンは毎週火曜日と金曜日、参加は自由。それ以外の日は油絵を描くなり学校の近くでスケッチをするなり何をやっていてもいいそうだ。基本的な活動としては展覧会に出品する作品を年に2作のペースで描くようにということだったが、それもできなければ出さなくてもいいという緩いものだった。秋には学園祭向けの作品制作があって、これはどんなに下手でも出来が悪くても美術部員である以上は必ず1点は壁に張られてしまうということだった。

美術部に入部してまず僕が熱中したことは、キャンバス作りだった。部室の脇には画材置き場があって、キャンバスの木枠になる杉の材木が様々なサイズで並べられてある。そしてキャンバスとなる大きな布を丸めた塊が何本か立てかけてある。それらを使って油絵用のキャンバスを作るのである。木枠を組んでそこにキャンバスを釘《くぎ》で打ち付けていくのだが、これが簡単なようで案外難しい。絵のサイズが大きくなればなるほど、キャンバスがなかなかピンと張れない。あまりきつく引っ張ってむりやり金槌《かなづち》で打ち付けると、角のほうに皺《しわ》ができてしまう。キャンバスは結構撓《たわ》みやすく、しかも一度伸びたらなかなか元には戻らないという困った性質を持っているため、張るときには一度きりの真剣勝負の心構えが必要になる。小学生の頃から僕はわりと手先が器用で、工作のようなことが好きだったのですぐに夢中になった。毎日、放課後に美術室に立ち寄ってはキャンバスを張るのが日課になった。1か月もすればコツを摑《つか》んで、僕は美術部員全員分のキャンバスを注文された大きさの通りに作ってやれるようになり、キャンバス作製の専門家として瞬く間に重宝されるようになっていったのだった。

僕の通っていた高校は札幌市の山鼻《やまはな》線という市電通り沿いにあり、南東側は豊平《とよひら》川に面して大きく開けていた。豊平川の土手と学校の敷地の境界には有刺鉄線つきの金網のフェンスが張り巡らされ、出入りできないようになっているのだが、必ずどこかはペンチで破られ人1人が通れる穴が開いていた。穴は生活指導部の教師たちによって定期的に塞《ふさ》がれるのだが、塞がれると必ずその近くに誰かが新しい穴を開けてくれるのである。正門側には管理棟のようなものがあって、そこから必ず生活指導部が学生の出入りに目を光らせていたので、授業時間内に学校を出入りしたいときは必ず川のほうから回りこんで行った。フェンスの穴は大抵、校舎のほうからは死角になっている部分に開けられ、そこから出てすぐに豊平川の土手の向こう側に転がってしまえば、学校側から見つかることはまずなかった。

金網の穴を潜り抜け雑草に紛れ込むように土手を上がり、川岸をしばらく下流に向かって歩き、敷地を出たくらいのところで市街地のほうに戻ると、雑居ビルの地下に〝更紗《さらさ》〟という名の小さな喫茶店があった。1階が親父が1人で切り盛りしている人気のお好み焼き屋で、〝更紗〟はその地下で25、26歳と思われる美しいママさんが1人で経営していた。店内はひどく狭く、4人がやっと座れるカウンターがあってあとは2人掛けのボックス席が3席。10人も入れば超満員の感じである。コーヒー、紅茶と冷たい飲み物、あとはトーストを中心とする軽食がメニューのすべてだった。店内にはたいてい1人は僕の高校の生徒がいて、コーヒーを飲みながら煙草を吹かしていた。高校の周りには似たような感じの、ママさんが1人で営む喫茶店が数軒あってどこも高校生たちの喫煙所となっていた。

僕が〝更紗〟に顔を出すようになったのは高校1年生の初夏の頃のことだった。その頃僕は休み時間になるといつも豊平川に面した南東向きの校舎の屋上で日向ぼっこをしていた。そこからは豊平川とその向こうの豊平区や白石区《しろいし》といった札幌の新興住宅街が見渡せ、そのはるか向こうには晴れた日には恵庭岳が聳《そび》え立っているのを見ることができた。6月の空はいつも真っ青で、湿気がなく心地よかった。豊平川の土手にはライラックが植えられていて、白や薄紫色の小さな花を咲かせていた。

誰が持ってきたのかはわからないが、屋上にはプールサイドに置くようなデッキチェアがいくつか並べられていて、2年生や3年生は煙草を吸いながら寛《くつろ》いでいた。僕はまだ煙草を吸わなかったけれど、先輩たちが吹かす煙草の煙は大人びた香りがして心地よかった。

記憶は定かではないけれど、おそらく屋上にたむろしている先輩から〝更紗〟のことを聞いたのだと思う。「とにかくコーヒーが美味《うま》いから一度行ってみるといいよ」と、おそらくそんな感じで薦められたのではなかったかと薄っすらと記憶している。

札幌に来たのは久しぶりのことだった。

月刊誌の企画で作家が生まれ故郷の小中学校や高校を見て歩き、思い出を語るというグラビアとインタビューのページだった。作家としてデビューして3年目の頃のことで、僕は43歳になっていた。この企画を電話で知らされたとき僕は一度は断った。自分が通っていた札幌市内の藻岩山の麓《ふもと》にあった小中学校はすでに取り壊され、札幌市の郊外に移転してしまっていた。学校跡地は図書館とマンションになっていると聞かされていたが見に行く気もしなかった。また高校も取り壊されてまったく新しい校舎に建て替えられた。その際に、以前の高校の趣が残ることを当時の学校の関係者たちは嫌ったらしく、まったく新しいものになってしまった。正門は電車通りに面した西側にあったのだが、それも取り壊されて北側の住宅街側に造りなおされ、グラウンドの位置も何もかもが変わってしまっていた。驚いたのはかつて正門があった場所のすぐ脇に、白く小さなキリスト教の教会があったはずなのだがそれがないのだ。サルトルにかぶれていた僕はその教会に行って神の存在を証明してみろと牧師に迫った思い出がある。しかしその教会も今はマンションに建て替えられ、一階はレンタルビデオ屋になっていた。

取材は僕の実家からスタートした。

僕が小学校1年から通っていたときと同じように市電に乗って北海道教育大学附属札幌小学校のあった場所へ向かうことになった。僕の家は南8条西という場所にあって、学校はそこから電車で6個目の停留所だ。西線9条旭山《あさひやま》公園通で乗って、11条、14条、16条、ロープウェイ入口、電車事業所前と行ってそこで大きく左にカーブする。電車は小さな一両編成の車両で薄緑色と黄土色に色分けされた古くから走っているタイプのものだ。道路の上に敷かれた鉄のレールの上を時速30、40キロほどで進んでいく。今は西4丁目が出発点で札幌市の中央《ちゅうおう》区内をほぼ一周するような形ですすきのまでいく。かつてはすすきのと西4丁目までも電車でつながっていたので完全に環状線だったのだが、何十年か前にその間の線路は取り払われてしまっていた。つまり電車は西4丁目を出発するものとすすきのを出発する2方向が同時に走っている。

僕は編集者の広瀬《ひろせ》圭一《けいいち》と中山《なかやま》理沙《りさ》、そしてカメラマン北川《きたがわ》美幸《みゆき》の3人と連れ立って札幌市内を市電に乗って移動中だった。西線は札幌市中央区の山の手を走っていく電車で、僕らは西線9条から乗ってかつて学校のあった停留所を目指していた。

6月の札幌は晴れ渡っていて空気もほどよく乾燥している。市電の窓からはどんどん近づいていく藻岩山のにおい立つような新緑が迫ってきている。線路沿いにはマンションもちらほらとは建っているが、しかし基本的には住宅地が広がっていて、電車の窓からの光景は25年前に僕が毎日ここを通っていた昭和40年代とそんなに変わっていないような気がする。

とにかく頭上に広がる空の広さは記憶にあるままだ。

この電車に乗って14条、16条、ロープウェイ入口とかつての小学校に近づいていくのも25年ぶりのことで、懐かしい車内の光景とともに胸の中はノスタルジックな気持ちで一杯になった。電車の造りや揺れ方はほとんど何も変わっていない。やがて電車は藻岩山の山《やま》裾《すそ》が延びている場所にさしかかり停車した。電車事業所前である。ここを大きく左に曲がると、僕が通っていた小中学校があった場所だ。

僕はこの企画をすぐに断ったのだが、雑誌の担当者である中山理沙がなかなか引き下がらなかった。思い出の校舎や校庭を訪ねるという企画なのに、それらのものがすべて跡形もないのではページにならないだろうというのが僕の言い分だった。カメラマンが気の毒というものである。

「何もないのですか？」と理沙は僕に聞いた。

「何もないよ」と僕は答えた。

「しかし考えようによっては、それはそれで面白いのでは」と何かを閃《ひらめ》いたように理沙は言った。

「面白い？」

「ええ、取り壊された学校跡という画《え》も」

「そうかなあ」

「とにかく何らかのノスタルジーのようなものを感じさせてくれれば。学校は消失してしまっているかもしれませんけれど、市電は変わらずに動いているわけで、それに学校からすぐだったという藻岩山だって変わっていないんですから。きっと何かありますよ。変わらないものも」

中山理沙は出版社に就職し月刊誌に配属されてまだ2年目という新人だった。グラビアページを受け持っているのだが、とにかく新人らしく発想は何でも楽観的で前向きなのである。広瀬は文芸の僕の担当者で、デビュー以来の付き合いになる。月刊誌のグラビアを新人女性編集者が担当すると聞き、心配になってついてきたのだ。

市電は電車事業所前の停留所で止まり、それから発車するとゆっくりと左へと大きくカーブをしていった。電車の中で白い吊《つ》り輪が踊るように揺れた。懐かしくそれを見る僕の表情を北川が連続シャッターで写していった。カーブを左に大きく曲がると平松《ひらまつ》記念病院という大きな精神科の病院の看板が見えてきた。病院の建物は建て替えられてしまっていたが、その病院の名前には強い印象があった。小学生のころ僕たちはある種の恐怖感とともに、その精神科病院の前を通っていたものだ。かつては窓に鉄格子が嵌《は》められていたと記憶しているが、今はスタイリッシュで明るい外観となりすっかり趣を変えてしまっている。その横にある教会も何となく見憶えのあるものだった。電車通りを隔てて向かい側に昔から外国人が住んでいるお伽《とぎ》の国のようなおしゃれな造りの木造住宅があり、その佇《たたず》まいは今も変わらずに残っている。

僕が通っていた教育大学前の停留所は中央図書館前に変わり、灰色の木造モルタルの校舎が並び大きな藤棚のあった小中学校は跡形もなく消え去っていた。隣接していた北海道教育大学の校舎やグラウンドはすべて分譲マンションになっている。覚悟していたとはいえその様変わりに啞然《あぜん》とした。電車を降りて歩き回ってみたが当時の面影は何ひとつなく、どこにどのような形で校舎が並んでいたのかを説明することもできなかった。

学校だった場所はすべて破壊しつくされ、スクラップアンドビルドされてまったく新しい町に生まれ変わっている。かつてそこに小中学校があった形跡や匂いすらもうどこにもない。

「こういうのって結構こたえるよな」と僕は大きな図書館を眺めながら言った。自分が少年時代の9年間を通っていた場所が、精神科病院だけを残してほとんど壊されてしまっているのだから、それも無理はない。自分が通っていた小学校や中学校を壊す権利がいったい誰にあるというのだろう。僕は自分が何の根拠もない人間になったような虚《うつ》ろな気分になり、うろたえるようにその場にしゃがみこんでしまった。

小学校、中学校というのは人間にとってはきわめて特殊な場所だ。自分という人間の大半が形成されていった空間でもある。僕は9年間も休むことなく市電に乗ってここにあった学校に通い、多くの友人たちとともに時間を共有して過ごし、そうすることによって人間としての成長を遂げてきた。そういう意味で学校というものはそこで過ごした多くの人間たちにとって共有すべきノスタルジーの場所なのである。そこは自分たちにとっての揺り籠《かご》のようでもあり原点でもある。その大切な空間が完全に取り壊され何の面影もなくなってしまっている。それはある意味では脳の一部分を切除されてしまったような衝撃だった。

僕は小学校の玄関へと続いていたはずだった道の上の歩道に座り込み、無粋でただ大きいだけの図書館を見上げた。そんな哀れな姿を鞭打《むちう》つように背中からシャッター音が響いた。

僕はここでともに過ごしたクラスメイトたちの顔を思い浮かべた。

毎日がただ夢のように幸せだった小学生時代。

昭和40年代の札幌の男の子たちは今からは考えられないほどに活発でやんちゃ坊主ばかりだった。女の子たちはみなすまし顔でかわいらしい子が多かった。みんなもう大半は結婚して母親や父親になり、あの頃の僕たちと同じ年頃の子供を抱えていることだろう。

どうも調子が出ないので、電車通りを戻り藻岩山の中に入ることにした。

僕が小学生の頃には学校と藻岩山の間には数軒の家が建ち並ぶだけで、山の麓は根っこ山というスキー場だった。スキー場といってもリフトがあるわけでもなく、ただ林の切れ目の山肌に雪が積もり、いくつかの坂のコースが並んでいるだけだった。斜面をスキー板で踏み固めながら登っては滑りを繰り返しているうちに、すっかりゲレンデのように固まってしまい、そこが僕らの小学校の無料のスキー練習場となっていたのである。小学生の頃は学校にスキー板が置いてあり、毎日のように根っこ山で滑っていたものだった。

根っこ山のあった斜面のあたりには、やはり大きな病院が建ってしまっている。何もなかったはずの山と学校の間には立派な舗装道路が通っている。

山に向かって歩いていくと昔は山肌の上に直接置かれた石の階段があった。この急階段は運動部の格好の特訓場となっていた。中学生の頃、バスケットボール部に所属していたが、いつもこの階段を上り下りさせられていた記憶がある。上までは百数十段あって一気に駆け上ると足ががくがくになったものだった。今は鉄製の階段に架け替えられていて、ビルの外階段を登っていくような感じだ。とにかく4人で「ヒーヒー」言いながら階段を上がっていった。

階段を登りきるとそこには大きなお寺があって巨大な墓地がある。

藻岩山の中腹の斜面に公園のような墓地があって墓石が並んでいる。実はこの墓地も我々の小学校では体育の授業にスキー場として使っていた。冬になり雪が降るとこのなだらかな斜面は絶好のスキーゲレンデとなったのである。

「ええっ？　本当にこんなところでスキーの授業をやったのですか」と理沙が墓地を眺めながら素《す》っ頓狂《とんきょう》な声を上げた。確かにそう言われてみれば不思議な気がしたが、しかしここでスキーの授業をしたのは間違いないことだった。その場所からは札幌市内が一望できた。街の真ん中辺りに豊平川が流れていてそれに沿って鮮やかなグリーンベルトが形成されている。中島《なかじま》公園が見え、すすきののビル群が見え、そしてテレビ塔が見渡せた。

「僕が小学生の頃はね」と僕は理沙に向かって言った。

「はい」と理沙は手帳に鉛筆を走らせながら言葉を待った。

「この辺でよく人間が熊に襲われたんだ」

「本当ですか？」

「ああ本当。ここからわりとすぐの場所に平和記念塔という白い建物があるんだが、その前で散歩中の老人が熊に襲われて死んだ。僕が小学校4年生の頃の話で、それは結構リアルに怖かった。もし熊が住宅街に下りてきたら大変なことになる。山から僕の家までは人間の足で20分くらいだから、もし熊が走れば5分くらいで着いてしまう。暗闇に潜んでいるかもしれないと思いはじめると怖くて眠れなくなる。これ本当の話なんだよ」

僕らは墓地を抜けてそのまま公園のようになっている斜面をゆっくりとロープウェイ乗り場に向かって歩き出した。僕が小学生の頃はロープウェイ乗り場の近くには小さな遊園地があって、よく遊んだ記憶がある。また山の中を少し登っていくと大きな池があって、そこでオタマジャクシや蛙を捕まえて遊んだし、この辺りは栗の自然林が多くてよく栗を拾いにきた。クワガタやカタツムリを捕まえにもきた。遊園地はとうの昔になくなってしまったけれど、池や木やそれにロープウェイ乗り場の雰囲気は少しも変わっていない。

「ここからロープウェイに乗って一気に山頂にいくのさ」と僕は言った。

「山頂に何かあるんですか？」と理沙が不思議そうに言った。

「スキーだよ、スキー」

「スキー？」

「この山の上に大きなスキー場があるのさ。ロープウェイの駅を降りたらすぐだ」

「そうなんですかあ」

「リフトが何基もある大きなスキー場で、兎平《うさぎだいら》にAコース、Bコース、Cコース、Dコースと並んでいて、そのほかにも南斜面があり林間コースがありと。小学生の頃は兄と母親とで日曜日には必ず行っていた。お帰りコースという南斜面に降りていくコースの先には大きな駐車場があって、父親がそこで車で待っていてくれた。本当は母親がいなければ僕は北斜面といってね、ロープウェイの下の崖《がけ》のような林間コースがあって、子供は滑走禁止なんだけど、友達同士のときは必ずそこを滑り降りてきていた。その方が南に向かって降りるよりも、西線に向かって降りてくるわけだから断然、帰りが近いから」

しかし肝心のロープウェイは休業中ということで動いていない。仕方ないので蛙捕りをした池の周りまで行ってみたが、それも今はあまり手入れがされている風ではなく荒れ放題になっていて、写真を撮ろうにもどうにも格好がつかない。カメラマン泣かせの取材となってしまい、まあそれなら仕方ないので高校のほうへ行ってみようかということになり、市電のロープウェイ入口の停留所まで坂を降りて、そこからすすきの行きの電車に乗り込んだのだった。

ロープウェイ入口から高校までは電車で10分ほどの距離だ。電車事業所前を出た電車はすぐに大きく左に曲がって、昔の北海道教育大学および附属小中学校の跡を通り、札幌を南北に貫く石山《いしやま》通りをわたって豊平川に出る直前で再び左に大きく曲がる。藻岩山の山の手の道を西線と呼び、こちら側を山鼻線と呼んでいる。つまり西4丁目を出発した市電は西に向かってひた走り西15丁目で大きく左に曲がる。そこから電車事業所前までの道が西線と呼ばれている。電車事業所前で左に曲がった電車は豊平川の手前まで走りそこで再び大きく左に曲がって山鼻線に入っていく。山鼻線を走りきったところが終点のすすきの停留所だ。かつてはつながっていたすすきのと西4丁目の間の線路をつなげようとする事業計画もあるようだ。豊平方面や北24条方面、さらに丘珠《おかだま》方面など札幌の街を以前はくまなく走っていた市電であったが、今はそのほとんどが廃線になってしまっている。地下鉄の発達がその主な理由なのだが、この線は地下鉄の計画が頓挫《とんざ》したこともあり現在に至るまで残された。札幌市内で唯一生き残った路面電車である。

山鼻19条の停留所で市電を降りる。

当時は電車通りに面して高校の正門があり、木製の自転車置き場があってその奥に体育館と校舎が3棟並んでいた。門のすぐ横に小さな白い教会があったのだが、それはレンタルビデオ屋に変わってしまい、正門は閉鎖されていた。

僕が通っていた頃の学校の趣はまったくない。

校舎はすべて取り壊され、まったく新しいものに建て替えられていた。校舎があった場所はグラウンドになりグラウンドがあった場所に新校舎が建てられていた。僕が通っていた高校は１９７０年代に全国で唯一、機動隊が突入したことで名を馳《は》せた。校長を学生が軟禁した結果である。僕が高校に進学する2年前の夏のことで、校長を救出するために機動隊が学校の周りを取り囲んだ。学校の中は机や椅子を天井まで積み上げてバリケードが作られていた。学生は4月に始業してからすぐにストライキに突入し、それは夏休みの直前まで続いていた。学生側の要求は試験をするなというもので、学校側がそれを拒否したことにより紛争は長引いていたのである。この紛争は学校側にしてみればすべてを打ち消してしまいたいほどの屈辱の歴史となったようで、従って建て替えの際は旧校舎の面影を一切残さないような徹底した再構築が再三申し入れられたという噂が流れた。その結果校舎の位置から玄関の配置に至るまで、すべて見直され改築された。変わらなかったのは豊平川と電車通りの位置関係くらいのものだった。かつては山鼻19条の停留所が札幌南高校正門前だったのだが、今はひとつすすきの寄りの静修学園前がもっとも近い停留所になっている。もっとも今は学校に市電で通うよりも地下鉄を使う生徒のほうが多いだろうから、敷地の北の端に正門を置くのは地下鉄幌平橋《ほろひらばし》駅から至近距離で便利ということもあるのだろう。

電車通りを渡るとすぐに正門があった場所に着いた。今はここはグラウンドのはずれになっていて金網が張り巡らされているだけである。

「しかし25年という時間の流れは凄《すご》いもんだなあ」と僕はしみじみと言った。校舎があった場所には野球部の専用のグラウンドのようなものが出来上がっている。最近は甲子園《こうしえん》に出場したりもするようになっているので、その方面で盛り上がっているようだ。僕が高校に居たころは野球部には9人の部員がなかなか集まらず、試合のときはいつも他の運動部員が駆り出されていた。

「25年の時間がたつと、ダイヤモンドなんてなかった学校のグラウンドに専用の野球場のようなものができて、正門横にあった白い教会はレンタルビデオ屋になってしまうんだから」と言って僕は何の面影も残さないようにとわざわざ注文されて取り壊された、自分が通っていた頃の学び舎《や》を思い浮かべながらとぼとぼと歩いた。もちろん気持ちは一向に盛り上がるものではなかった。

黒川比奈子《くろかわひなこ》から声をかけられたのは高校1年の夏休みが終わり、新学期が始まろうとする頃のことだった。比奈子は美術部の中でも抜群のデッサン力の持ち主で、その才能は天性のものとしか表現のしようがなく、真似しようとしてもできるものではなかった。高校1年のときに札幌市の大きな展覧会で入選して2年では全道の展覧会で特選に選ばれ、学生部門を超えた一般部門で出品した作品も大きな賞に輝いた。高校生活の3年目にはどのような作品を出品するのか、すでに地元の新聞が取材にきたりして注目を浴びていた。僕らの美術部の宝ともいえる存在で、才能は高くかわれ部員全員からの敬愛を一身に集めていた。間違いなく僕たちの高校に存在する星であり、甲子園でいえば絶対的エースで4番というところだった。そんなエースから用具係か球拾いがせいぜいだった僕に声がかかったのである。今度の日曜日に小樽《おたる》にスケッチに行かないかというのだ。もちろん僕に断る理由などなかった。ただ大勢の部員がいる中でどうして僕なのかという疑問は抱かざるを得なかった。

比奈子は少しやせていたが160センチ台のすらりとした、北国の娘らしく透けるような白い肌をした美少女だった。真っ直ぐの髪を肩まで伸ばし、薄くて知的な唇が口紅をさしているわけでもないのに鮮やかに赤い。長い睫《まつげ》がややあっさりとした印象の顔に独特の陰影を落としていた。僕らの学校は私服だったのだが、比奈子はブレザーを着ていることが多かった。女子たちの半分くらいは私服が逆に面倒らしくて、制服を着ていた。比奈子は制服を着たり私服を着たりの中間派だったのではないかと思う。

札幌駅の小樽行きの電車が来るホームで待ち合わせた。

進行方向のもっとも小樽寄りの場所だ。

僕が待っているとスケッチブックを持った比奈子が現れた。学校では見たことのないような鮮やかなレモン色のワンピースに白いカーディガンを羽織っていて、それを見ただけで僕の胸は訳もなくときめくのだった。

「沢崎《さわさき》君は何を描くの？」と電車で向かい合って座ると比奈子は僕に聞いた。

「まだ何も考えていません」と僕は答えた。

「私は小樽の運河か船の絵にしようかな」と比奈子は言った。

僕は高校1年生で比奈子は高校3年生。しかしその実年齢以上に2人の歳の差は離れているように思えてならなかった。

「沢崎君、中学生の頃バスケットの選手だったんだって？」と比奈子は窓の外に広がりはじめた海を見ながら言った。銭函《ぜにばこ》という海水浴場のある海岸線で、ほんのわずかの間だけ游泳《ゆうえい》可能な夏には札幌の海水浴客が集中していつも大混雑している場所だ。だが今はもう人っ子一人いない。

「はい。やっていました」と僕も人気のない海を見ながら言った。

「附属って全国大会行ったんじゃない？」

「それは僕のひとつ上の学年で、我々は全道大会で負けました」

「どこに？」

「函館有斗《はこだてゆうと》に」

「わあ、凄い。どうして高校ではバスケ部に入らなかったの？」

「声は掛けられて部活を見学はしたんですけど。レベルが低すぎて」

「レベルが低い？」

「はい。まあそれはいいんですけど、中学で3年間びっしりとやっていて、高校でまたバスケばっかりやるのもどうかなあと思いまして。それで何となく美術部にしたんです」

「何となく？」

「はい。まったく何となくです」

「そうかあ。何となくっていいね。羨《うらや》ましいなあ」

比奈子の瞳《ひとみ》が海からの光を浴びて黒く輝いていた。

その潤んだ黒い瞳を見て僕の胸は再び鼓動を速めた。向かい合って座る僕と比奈子の膝《ひざ》は電車が揺れるたびに擦れ合うようにぶつかり合った。そのことに比奈子先輩は気がついているのだろうかと考えると胸はますます高鳴り、顔を上げることもできなくなってしまった。

小樽駅で降り、歩いて港の方角へ向かった。

港に出る途中に運河があってそこにひしめき合うように赤いレンガや黒ずんだ石を積み重ねた倉庫が並んでいた。運河の水は濃い緑色で、小さな漁船が何艘《そう》も浮かび波に揺れていた。

「ここがいいかな」と比奈子は言って肩から提げていたショルダーバッグの中から折りたたみの椅子を出してそこに座った。僕は橋のコンクリートの上に直接座り、2人並んでスケッチをはじめた。小樽の空は北国の秋らしく晴れ上がり、真っ青な空の上にまるで刷毛《はけ》ではいたような薄い白い雲がところどころに浮かんでいた。比奈子は4Bの鉛筆を取り出してスケッチブックに目の前に広がる運河の風景を自由自在に描き落としていった。その正確さと手際のよさにはため息しか出なかった。僕は僕で黒のサインペンを使って必死に漫画のような幼稚な絵を描いた。比奈子の絵に比べると本当に大人と子供のようで顔から火が出るほど恥ずかしかった。

運河の絵を何枚か描き終えると次は港へ出た。

大きなタンカーが桟橋につながれていた。港は殺伐として美しくないので、再び運河方面に戻って、浮かんでいる船や石畳の光景をスケッチして歩く。

比奈子はとても楽しそうだった。

表情は明るく、真っ黒な髪を照らしつける北海道の無垢《むく》な光がよく似合っていた。

何に対しても無防備な純粋さや透明感があった。

2人で7、8枚ずつスケッチしたところで、喫茶店でソフトクリームを食べようと比奈子が言い出した。運河の見える喫茶店に入り2人で並んでソフトクリームを食べた。比奈子は赤い唇についた白いクリームを器用に舌で舐《な》めていた。女性をあまり感じさせないどちらかといえば中性的な比奈子の思わぬ艶《なまめ》かしい表情で、僕はどぎまぎしながらそれを眺めていた。

帰りの電車の中でお互いのスケッチを見せ合った。

比奈子は僕の絵ばかりを誉めてくれた。サインペンで描いた僕の線の素朴さと純粋さが羨ましいという。

「それに比べると私の絵はあざといだけで全然駄目」とうめくように言った。その日の1日中楽しそうだった比奈子の表情が、一転して冬の海のように陰鬱《いんうつ》に翳《かげ》った。そのあまりの様変わりに僕は言葉を失うしかなかった。

再び比奈子から僕にスケッチの誘いが掛かったのは小樽へ行った翌週のことだった。そして次の週もその次の週も、つまり僕たちは毎週日曜日になると小樽へスケッチに出かけ何時間も並んで絵を描き、疲れると必ずソフトクリームを食べた。天才少女の名で呼ばれていた比奈子が僕の何を気に入ってくれたのかはわからないが、毎週朝から日が暮れる時間まで並んで絵を描いているうちに、少しずつ自分の絵が上手《うま》くなってきているように感じていたし、何よりも一緒に絵を描くことが楽しくて仕方なかった。

比奈子には同級生の恋人がいるのは学校ではよく知られた話だった。

遠藤耕作《えんどうこうさく》という全校的に人気のギタリストだった。細い体にウェーブのかかった長髪で、少女漫画から飛び出してきたような美少年。日本人離れした顔立ちやかもし出す雰囲気はイギリスの天才ギタリスト、ジェフ・ベックを思い起こさせた。彼もまた僕らの学校の中で間違いなく輝く星だった。高校の仲間とバンドを組み、アマチュアロックフェスティバルでは全道優勝の常連であり、アマチュアが競い合うテレビのロック番組にもよく出演して、プロのギタリストをうならすほどの腕前だった。クラプトン風にも、ジミー・ペイジ風にも弾き分ける器用さを持っていて、時代によって作り上げられたまさに現代ギタリストの申し子といっていい存在だった。最後の学園祭がもう2か月後に迫っていたが、遠藤のバンドは今年はツェッペリンをやるのではないかという噂が立ち、学校中に広まっていた。

遠藤と比奈子は高校1年のときにクラスメイトとして出会い、もうすぐ付き合いはじめて3年目を迎えようとしているはずだった。2人とも絵と音楽で異才を発揮していたし、学業も優秀だった。常に注目を集めている身でもあり、だからもしかしたら付き合っているというのはよくできた作り話なんじゃないかという生徒もいた。学校の帰りにはよく2人で並んで歩いている姿が目撃され、しかしそれはただのクラスメイトでもあり得ないことではなかったので、結局のところは誰もが真相をはかりかねていた。

間違いないのは、比奈子と遠藤が絵画と音楽というジャンルにおいて一際異彩を放つ星のような存在だったということだ。

毎週日曜日に比奈子と2人で小樽に行くようになって1か月ほどがすぎたときのことである。例によってスケッチを終えてソフトクリームを食べているとき、比奈子が僕に言った。

「沢崎君、更紗って喫茶店知っている？」

「はい。知っています」

「行ったことは？」

「最近たまに行くようになりました。昼を食べに」

「そこのママさん知っている？」

「はい。いつもカウンターの中に座っている」

「きれいな人？」

「ああ、それはわかりません。僕には」

「どうして？」

「どうしてって随分年上ですし」

「27歳」

「そうなんですかあ。化粧も濃いし。あっ、そう。ママがいつも座っているカウンターの後ろの壁に飾り棚があってそこに写真が何枚か立てかけてあるんです。そこにね、ママが高校生くらいの頃に撮った写真があって、それは可愛いです。牧場で馬と一緒に撮った写真。その写真について聞いたことがあるんです。それどこで撮ったんですかって。そしたら実家だそうです。実家が日高《ひだか》で牧場をやっているそうで。高科《たかしな》牧場。ママの名前は高科玲子《れいこ》」

「高科玲子？」

「そう。店の営業許可証に書いてあります」

「その人ね……」と言って比奈子は続きを言いよどんだ。僕はただ何となく小樽の運河を眺めながら言葉の続きを待っていた。

「その人ね、遠藤君の今の彼女なんだ」と比奈子はスイカの種を口の中から吐き出すような口調で言い、それからしばらく黙りこくってしまった。

山鼻線の電車通りを高校の金網に沿って歩いていくと、やがてフェンスの切れ目に出る。そこが高校の敷地の北の端ということになる。その辺りから高校を見渡すと、学校とは思えないようなデザインのへんてこりんな校舎が見えた。ウルトラマンの頭のような形をしていることから学生たちはウルトラマンヘッドと呼んでいるそうだ。

「学校に入ってみましょうか」と中山理沙に勧められたけれど、僕はどうしてもその気になれずに断った。過去を壊しつくすことが第一の目的で建てられた新しい校舎になど何の興味も湧いてこなかったし、正直言って近寄りたくもなかった。僕がそう言うと「その気持ちはわかるような気がします」と理沙は手帳に鉛筆を走らせた。

長期ストライキや校長軟禁の果ての機動隊突入。

それが僕らの高校にとって消し去ってしまいたい忌まわしい記憶であるという学校関係者の気持ちもわからなくないが、その騒動を終えた2年後に、先輩たちによって破壊し尽くされた学び舎の中で、高校生活を送った生徒もいたということも知っておいて欲しい。

僕らが何をしたわけでもない。ただ学生運動の反動で極端に右傾化してしまった教師たちにがんじがらめにされながら学生生活を送ることを余儀なくされた。彼らは自分たちの自由のために後輩たちの自由を、稲にむさぼりつくイナゴのように食い尽くしていった。自由で伸びやかだったはずの校風は、紛争用に全国からかき集められたガードマンのような教師たちによって踏みにじられ、元の形に近づくまでにおよそ20年の歳月を費やすことになる。

静修学園前の道を右に曲がるとそのまま地下鉄幌平橋の駅に出る。

その途中に学生たちに大人気だったお好み焼き屋があり、意外なことにその古めかしい雑居ビルは健在だった。その小さなビルを見た瞬間に僕の胸はコトコトと小さな鼓動を打ちはじめた。地下に通じる階段があり、今はもう跡形もないがそこは間違いなくかつて〝更紗〟があった場所だった。僕はその暗い階段の前に立ち尽くした。今はチェーン店化した札幌で大人気のお好み焼き屋の1号店の地下で、その店の資材置き場として使われているようである。1階のお好み焼き屋も小さな店で、その昔は店長が自ら鉄板で焼きそばやお好み焼きを作ってくれた。今は客も増えて店のサイズも合わないのだが、記念すべき1号店ということで現存させて営業しているという。小中学校は消失し、高校も教会も町並みも何もかも変わってしまったけれど、こうしてお好み焼き屋だけは変わらずに大きな時間の波を乗り越えてきた不思議を思う。

「ここで焼きそばを食べて地下の喫茶店で一服する、それが僕らの流行のスタイルだったんだ」と僕は空気を胸いっぱいに吸い込みながら理沙に説明をした。

その夜、ジンギスカンを食べようということになり、皆でサッポロビール園へと繰り出した。

生ビールの大ジョッキを飲みながら僕は昔話に花を咲かせた。久しぶりに地元札幌で飲むビールということもあって、気持ちは晴れやかだった。明日は日高の牧場でサラブレッドの競り市があり、そこへ広瀬と出かける予定となっている。

「その彼女と沢崎さん、その後どうなったんですか?」とビールの酔いでほんのりと頬を赤く染めた理沙が言った。

「それがね、僕というよりも遠藤に問題が起こる」

「ギタリストの?」

「そう。実はね遠藤は全校的な人気者だったんだけど、まあチャラチャラしているということで敵も多かった。更紗というあの喫茶店で僕が1年生だった秋に2回にわたって煙草の一斉摘発があってね、十数人ほどが停学になり、運の悪いやつは無期停学を喰《く》らった。そのときにね、不思議な噂が持ち上がった。あんなに毎日のように顔を出している遠藤が捕まらなかったのはおかしいじゃないか。遠藤はもちろんそれはただの偶然で、俺は強運の持ち主なんだって笑っていたが、しかし停学者たちの間からは一斉におかしいんじゃないかってあやしむ声が上がった。ママと出来ていて情報をもらったんだと。僕も秋くらいからは煙草を吸うようになっていて、更紗にはよく行くようになっていたけど、生活指導部が来たときには自分は本当に偶然いなかった。2回目のときは川の土手のほうから金網を抜けて更紗に回ろうと思っていたら、たまたまその日は金網がすべて修理されてしまっていて、出られなかった。それで正門から回っていくのは物凄く遠回りなので、違う喫茶店に行った。それで免れた。さらに3度目の摘発があったんだ。懲りもせず5、6人がまた捕まった。僕は更紗はもう危ないと予感したからしばらく近寄らないようにしていた。でも、その5、6人の中にまたしても遠藤は入っていなかった」

「何か気持ち悪い話ですね」と広瀬は言った。

「そう、本当に嫌な話さ」

「それで、どうなったんですか」と興味津々という表情で理沙が聞いた。

「その数日後に遠藤が袋叩《だた》きにあって大怪我をした」

「本当に？」

「ああ。ギターを持つ腕や指を集中的にやられた。あと顔面も」

「誰に？」

「それがわからないんだ。それで遠藤はギターが弾けなくなって、その秋の学園祭の公演は中止になり、学校に顔を出さなくなってしまった。みんな噂した。遠藤はママさんからがさ入れの情報を受けていて自分だけ助かった。それを逆恨みした不良グループにやられたんだと。しかし腕を狙うという残虐さからしてうちの高校の生徒の仕業とは僕にはどうしても思えなかった。でもその噂の広がりは止めることはできなくて、更紗と遠藤は嫌な関係の象徴のような感じになり誰も近づかなくなってしまった。まあ実際に20人近くもの生徒があそこで捕まったわけだから。でも噂は噂として、どうもしっくりしないものをみな感じていたんじゃないかと思うんだ。遠藤は襲撃以来、人間が怖くなって家に引きこもってしまい、そのまま高校を中退してしまった」

「それで、彼女は。彼女はどうしたの？」と理沙が聞いた。

「何だか学校中がごたごたして彼女もあまり部室に顔を出さなくなってしまった。学校にもあまり来ていなかったんじゃないかな。僕はとにかく彼女が部室にくるのを待っているしかなかった。そしたらね、ある日彼女から電話を貰《もら》ったんだ」

「もしもし沢崎君？」

久しぶりに聞く比奈子の声は乾いていて、どこか吹っ切れたような響きがした。

「そうそう。ごめんね家にまで電話をかけちゃって」

「黒川先輩ですか？」

「いいえ」

「あのね。まったく急な話なんだけど、私、転校することになったの」

「転校？」

「そう。東京の学校なんだけど。親の都合でね」

「こんな時期にですか」

「うん。とにかく急な話でね。まあ私も色々とあって環境を変えたいということもあったから。でねまだみんなには伝わっていないと思うんだ。言わないでくれと担任にきつく口止めしておいたから。ただね、君にだけは伝えておこうと思って」

「いつ行くんですか?」

「月曜日」

「えっ。明後日《あさって》?」

「そう。だからね君と会えるのは日曜日しかない」

「どこで?」

「スケッチに行かない?」と比奈子は相変わらず乾いた声で言った。

「もちろんいいですよ。小樽?」

「うん。それでもいいんだけど、きっとこれが最後だから、お互いに大切なものを描かない。提案しあって。それをお互いに渡すの。そういうの嫌?」

「もちろんいいですよ」

「じゃあ学校の正門前で待ち合わせよう。日曜日のお昼に。それまでに何にするか考えておいて」

「わかりました」と僕は言ったものの、比奈子に描かせる絵など思いつくこともできなかった。そんなことよりもあまりにも急な転校の話に僕はどぎまぎするばかりで、それももしかしたら遠藤の襲撃事件と深いところでは関係があるのかもしれないと考えたりした。

「どこに行ったんですか？」とカメラマンの北川美幸がめずらしく大きな声を張り上げた。

「何も思いつかなくてね。自分の大切なものなんか」

「そうですねえ。私なら何かな。学校かなあ」と理沙が言った。

「やっぱりそうだろ」と僕は生ビールをグイッと呷《あお》って言った。

「僕も結局それしか思いつかなくて」

「学校へ行ったんですか、先輩を連れて」

「そう、小学校にね」

「素敵な話」

「高校の正門前で待ち合わせて。先輩はしばらく学校を眺めていた。自分の記憶に焼き付けるように。ほぼ3年間通った学校で、色々あったろうから。僕は何も言わないでただ待っていた。しばらくするとクルリと振り返ってね、さあ行こうかって」


それから僕は比奈子を連れて市電に乗り教育大学前を目指した。山鼻19条からは停留所で四つ目だ。小学校についてから大きな藤棚のある正門前でスケッチをした。2階建ての古い木造モルタルの校舎が並んでいて、その古くささが凄くいいと比奈子は喜んでくれた。僕にとっては比奈子が喜んでくれるのならそれでよかった。学校を一通りスケッチし終えたら電車事業所前まで行って例の石の階段を登った。僕の少し先を行く比奈子はぜいぜい言いながら鉄柵《てつさく》を頼りに登っていた。僕はワンピースの裾《すそ》から覗《のぞ》く比奈子の真っ白な足が気になって仕方なかった。見てはいけないと思いながらどうしても視線はそこに行ってしまう。階段を登りきると公園のような墓地があり、眼下に札幌の街が広がっていた。そこをさらに歩いてロープウェイの乗り場近くの広場にあるベンチに2人で並んで座った。人の誰もこない静かな場所で、山全体に濃密な秋の気配が漂っていた。

「今度は私の番ね」と比奈子は小さな声で言った。

真っ白な頬が桜色に染まっていた。

比奈子は僕の顔を真っ直ぐに見てブラウスのボタンを上のほうからはずしていった。白いブラジャーとその中に埋もれている乳房が見えた。比奈子は両手を後ろに回して器用にブラジャーを取った。そして「さあ、どうぞ」と小さく笑った。

僕は大慌てでスケッチブックを取り出して、サインペンで写生を開始した。鼻血が出そうだった。目の前には比奈子先輩の透けるような肌の優しい顔とレモン色のブラウスとその中から覗く美しい白い乳房。予想外に肉感的なふくらみと、微かに震えているピンク色の乳首。僕は口から心臓が飛び出しそうになりながら、懸命にそれをスケッチした。比奈子はときどき僕の目を見ては薄く優しい笑みを浮かべ、乳房に這《は》う青い血管が艶かしく秋の光にさらされていた。

それから坂を下りて僕らは西線の電車通りを14条まで歩き、そこにあるパーラーでソフトクリームを食べた。小学校のスケッチを1枚千切って比奈子はそれを僕にくれた。久しぶりに見る、比奈子らしい力強い中にも何か哀愁を感じさせるデッサンだった。

一本の線に感情が見え隠れする。

一本の感情を描いては、もう一本の線でそれを消していく。

そんなスケッチだった。

僕がそのままのことを比奈子に言うと、彼女は見る見る目に涙を溜《た》めた。そして自分の絵をそこまで的確に表現してくれたのは君が初めてだと言うのだった。

僕の横に座った比奈子は店員がいなくなった隙にいきなり僕の唇にキスをした。それは僕にとっての初めてのキスで、おそらく自分の絵に対する的確な評価への謝礼ということかもしれないし、あるいはサヨウナラの挨拶《あいさつ》なのかもしれなかった。

僕の記憶の中に残るのはソフトクリームのバニラの甘い香りばかりだ。

僕が比奈子の乳房のスケッチを渡そうとすると、それは君が持っていてと言った。そして、それを見て時々でいいから私のことを思い出して欲しいと微笑むのだった。その言葉の中になぜか僕は死の気配を感じた。説明はできない。ただ背筋が寒くなるように乾いた響きだった。

「それが大体のところさ」と僕は言った。

「ねえ、そのスケッチはまだあるんですか」と理沙は声を弾ませた。

そういえば札幌の実家の子供部屋の押入れに放り込んであるはずだ。

「帰りにタクシーで寄って取ってこようか」

「ええ、ぜひぜひ。見てみたい。現実には見ることができなかった沢崎さんの小学校の絵」

「実はね、その秋に僕は美術部をやめちゃったんだ」

「へー。先輩がいなくなったから?」

「それもあるんだけど。何となく学校が嫌いになって。必要最小限しか近づかなくなった」

「どうしたんですか」

「いや、学校の生徒全体にね、更紗を排除する空気が漂って。ひどいやつらは階段から空き缶を投げ込んだりして嫌がらせをしていた。でも僕はあそこのママが学校に告げ口をするような人間じゃないことは知っていた。本当に気の優しい人で、自分の店で生徒が捕まったことを随分悔やんでいた。でも、僕もやがて行かなくなってしまった。本当はクラスメイトに彼女はそんな人間ではないことを、きっちりと説明しなければならない立場だったかもしれないけれど、面倒くさくてそれをしなかった。今は何よりもそのことを悔やんでいる。人間として汚かったなと思って。どちらかというと僕も他の生徒たちと同じように排除側に回ってしまった。もう取り返しもつかないけれど、そんなことを随分何度も悔やんだもんだ。どうしてだろう。それは自分にとって消すことのできない深い傷なんだ」

「排除する側に回ったということがですね」と広瀬が言った。

「そう」と僕がうめくように言うと「それは痛いですよね」と広瀬もうめくように言った。

やがて僕の高校から黒川比奈子が消え、遠藤も完全に姿を消してしまった。2人でアメリカに行ったという噂が流れたが、それはある意味では2人を抹殺した人間たちの言い訳のための作り話のようにしか聞こえなかった。しかしそれも空中に吐き出された煙草の煙の輪のように、やがてどこかに消えてしまった。噂が消えてしまえば、それは白い教会と同じことで、そこに何があったのかを伝える人間も考える人間もいなくなった。

ただ違いがあるとすれば、二つの星は消えてしまいレンタルビデオ屋にすらならなかったということだ。

僕の心に残ったのは引きつるような激しい後悔ばかりだった。

しかしそれも自分自身が札幌を離れ、札幌から消え去ることでまたどこかに失われてしまった。僕は東京の大学へ進み、東京の会社に就職し、そうやって現実に相対し続けながらその後の長い人生という時間を過ごしてきた。高校に入学してから半年ほどのことは、まるで子供の頃に読んだ絵本のように自分の中に溶け込みそれもやがて消えてしまった。

比奈子がその後、どのような人生をたどったのか。

僕はまったく知らない。

遠藤についても消息も噂も聞いたことがない。

学年が違うので詳しくはわからないが、2人とも卒業しなかったために名簿にも記載がないらしい。要するに多くの見知らぬ人間たちと同じように、この大都会の砂漠の中に埋もれその存在を消してしまったのだ。探そうとしてもおそらく探しようもないだろう。そうやって僕たちの星は暗闇の中に完全に消えてしまったのである。

翌日、僕と広瀬は電車に乗って日高に向かった。

馬の競りを見学するためにである。

広瀬は比奈子のことに興味を持って朝早起きして色々と調べてくれたようだ。展覧会の入選歴からあたっていくと、北海道の展覧会の油絵部門にたしかに黒川比奈子の名前は残されていたが消息は知りようもないとのことだった。高校の名簿もいつの間にか入手していて、何人かに当たったものの2人の行方は杳《よう》として知れない。

僕は実家に戻り部屋の押入れを探ってみた。

そこはもう10年以上も開けられていない場所で、スケッチブックを捜したけれど見当たらない。母親に聞くともしかしたら父親が書庫代わりに買ったマンションのほうへ持っていったかもしれないという。僕の心の中にもそれを開けてしまうことにどこか躊躇《ためら》いがあった。長い時間をかけて封印されたものは、そのままにしておいた方がよいということもあるだろう。小中学校や高校のように跡形もなく消えてしまったからこそ、今も探し求め、自分の中で鮮やかな色彩を放ち続けるということもあるのかもしれない。

どちらにしてもスケッチを入手できなかったことは東京に戻って謝るしかない。

不思議なことがひとつだけあった。

広瀬が競りのパンフレットを何気なく眺めていると出品者の中に高科牧場の名前を偶然に見つけたのだ。すぐに調べてみると高科牧場は日高の中堅の古い牧場で、その名前は日高にはひとつしかないということだった。更紗のママの実家であることはほぼ間違いない。

広瀬はそこへ電話を掛けた。

老人が出て確かに家出した娘が札幌で喫茶店をやっていたことがある、と語った。結婚もせずに札幌でふらふらしていたが、ある日突然実家に戻ってきて馬の世話をはじめた。しかしその翌年に乳癌《にゅうがん》にかかり死んでしまった。もう15年も前の話で、まったく親不孝な娘だったと老人は涙声で話したという。

僕は息を飲むような思いでその話を聞いていた。

おそらくそれが比奈子や遠藤につながるたった一本の糸ではなかったのかと思う。

しかし、それすらも断ち切られてしまった。

今考えてみれば本当に簡単なことなのである。

更紗のママが学校に喫煙者をたれ込む必要などなく、そんなことをするはずもない。自分で自分の首を絞めるようなものだ。本当はそんなことはわかっていたのに、必要以上にあの場所とママの人間性を否定し排除しようとしたのは、もしかしたら誰もがどこかで抱えていた遠藤への嫉妬《しっと》の気持ちだったのではないかと思えるのだ。どうしてかわからないが、あのときに僕たちの高校の生徒の間でその醜い気持ちが発生し、やがて集団ヒステリーのように増大し、誰もそれを止めることができなくなってしまった。その理由はわからない。意味も意義もわからない。ただ僕たちには急に僕たちの星が邪魔になったのだ。そうとしか言いようがない。

あの日、僕の前で胸を開いた比奈子は、震える手で僕の手を取った。

そしてそれを自分の胸の上に這わせていった。

僕がスケッチを終えてからすぐのことである。

比奈子の指に握られた僕の人差し指は、真っ白な乳房を這いおりてやがて小さな乳首の上で止まった。僕はその自分の指先と、比奈子の乳首を見た。僕は比奈子の乳房を手で思い切り握ってみたかったけれど、どうしてもそうすることができず、その乳房と指のすぐ先にある札幌の街を眺めているしかなかった。比奈子の乳房と乳首を描くのではなく、その向こうに広がる札幌の街を描くことでそれを象《かたど》れないかと僕は思い、いつかそれを描いてみようと思った。そして訳もなく目頭が熱くなった。

おそらく僕は自分にとっての光が永遠に自分の前から消失してしまうことを予感したのだろう。僕たちの星は消えてしまう。

比奈子の小さな乳首は、あるいは僕にとってやがて失われていくだろうものの、そのはじめての象徴だったのかもしれない。

彼女が悲しみを置く棚

The Shelf For Her Griefs

過ちを犯さない人間はおそらくいない。街は多くの人間たちが繰り返して犯す過ちで溢《あふ》れかえっているといっていいだろう。もしそれが桜の花びらのように目に見えるものならば、あるときは街中の空を覆い隠すように咲き乱れ、そしてわずかばかりの後悔とともにアスファルトの上に散り、いつの間にか風とともに吹き飛ばされてどこかに消えていってしまう。

大きな過ちもあるし、ほんの些細《ささい》な過ちもあるだろう。でも大切なのは大小ではなくて、いつまでそれを引きずっているのかということに尽きるのではないだろうか。

しかしやがていつかはそれも消えていく。ほんとうにごくわずかな過ちだけが、歌になったり小説になったりしてこの世にあり続ける。

そう考えてみれば過ちとはほとんどが一過性のもので、いつかは必ずこの世から消え去る運命のものなのかもしれない。人間には忘却という便利な装置があるから、たいていの人はその後の人生を何事もなかったかのように過ごしていく。その結果、この地球上からは過ちの記憶は消え、現在進行形の過ちだけが溢れかえることとなる。

僕が中目黒《なかめぐろ》のその店にたまたま立ち寄ったのは2011年の秋のことだった。どうしてそこに入ったのかの記憶は定かではない。自由が丘《じゆうおか》にある歯医者で親知らずを抜いた帰りのことで、手首の静脈から簡易麻酔の注射を打たれた影響で頭がまだ朦朧《もうろう》としていた。渋谷《しぶや》で乗り換えて武蔵野市にある自宅に向かう予定だったのだが、どうしても外の空気を吸いたくなりふらふらと電車を降りた。それが中目黒で、何の当てもなく歩き回りやがて店頭に掲げられた大きなスペイン国旗につられて、バルのような店に入り込んだのだった。

構えのわりにはカウンターを中心にしたこぢんまりとした店で、ママさんが1人で切り盛りしているような雰囲気だった。カウンターの上には生ハムやオムレツやムール貝やパエリアといった作りおきの惣菜が色鮮やかに並んでいた。カウンターの隅の席に座り僕はそれをぼんやりと眺めていた。気を抜くと体ごと崩れ落ちてしまいそうだった。

まだ時間が早く店には誰も客がいなかった。ツェッペリンの初期のアルバムがスピーカーから小さな音量で流れてきていた。ジミー・ペイジの奏でる生ギターの不思議な音色が、まるで胸の中の何かを掻《か》き毟《むし》られているように響き渡ってきた。ブリティッシュの伝統的なフォークソングに色濃い影響を受けているジミー・ペイジには派手なエレキギターだけではなく、フォークギターを複雑にチューニングし重奏的な旋律を醸《かも》しだしている曲も多い。僕も20年も前の学生時代には必死に練習したが、しかし〝ブラック・マウンテン・サイド〟などはとても弾きこなすことができなかった。ビールを飲み生ハムを齧《かじ》りながら、久しぶりに聴く懐かしいギターに僕は耳を傾けていた。

「あれっ?」

何度目かに僕の前におつまみを持って現れたママが怪訝《けげん》そうな顔をした。

「あれっ?」と僕も同じように怪訝な顔で見合わせた。僕の目に映っているのは遠い記憶の中にある女友達の顔だった。

「小川《おがわ》君?」

「あれっ、多恵《たえ》ちゃん?」

「やっぱりそうだ。久しぶり」

「ここで店をやっているの?」

「そう、もう10年以上になる」

「確か最後に会ったのは」

「2000年じゃないかな。美也子《みやこ》のお葬式のときだから……」

美也子は11年前に32歳でこの世を去った。発見したときには手の施しようのない進行性の胃癌《いがん》で、見つかってから半年間が彼女に残された命の猶予だった。広告代理店に勤めるエリートサラリーマンと結婚し2人の娘をもうけていた。葬儀のときにはまだ幼く、母親の死を理解できずに親族席で元気な声を張り上げていたことが参列者の涙を誘った。

1991年、函館の高校を卒業し札幌で一年間の浪人生活を送った僕は東京の大学へと進学を果たした。19年に及ぶ北海道での生活を終え、勇躍という感じで東京の私立大学へ進学したものの、残念ながら何から何までが理解しきれないことばかりで僕は苦しんでいた。たとえばアパートをひとつ探して契約するにもわからないことだらけで、不動産屋には肩まで伸びた僕の髪を見てあからさまに嫌な顔をされた。大学に行っても第一どこに向かえばいいのかさえわからず、キャンパスの学生に聞いては変な顔をされた。学科の選択などもどうしたらいいかわからず途方に暮れるしかなかった。田舎育ちの僕にとって東京の都会的なシステムが複雑すぎて、うまく入り込むことができないのだ。そんな僕にどういうわけか優しく声をかけ、ひとつひとつのことをテキパキと教えてくれたのが吉川《よしかわ》美也子だった。

彼女の指導により僕は何とか学生生活をスタートすることができたようなものだったが、しかし肝心の授業にはまったく関心が持てず、アパートにこもってギターばかりを弾いていた。ロックではなくてジミー・ペイジをはじめとする多くのギタリストが影響を受けているブリティッシュのトラディショナルに心が惹《ひ》かれていたし、誰もあまり注目しないそこに多くの鉱脈が眠っているように思えて、僕はレコード屋や本屋に行ってはその原点ともいうべき音楽を探し、フォークギターを抱えてアパートで必死にコピーし練習に励んだ。

そんな僕のどこに美也子が興味を持ったのかはわからない。やがて僕たちは友達として付き合うようになり、そして1年以上もの月日を経て恋人といえる関係になった。アパートの近くにある大きな公園に行って、池のほとりの芝生の上にビニールシートを敷いて、いつも2人でピクニックをした。僕は生ギターを弾き、美也子は木登りをした木の上や、青いビニールシートの上に腹ばいになり頬杖《ほおづえ》をつきながら聴いていた。

透き通った風が吹き、イギリスの古いフォークソングがそれに乗って流れ、美也子はいつも頰を紅潮させながら聴いてくれた。

僕たちにあったのは確かな幸せではなかったかもしれないけれど、しかしそこへ向かっていくという予感はいつも共有していたのではないだろうか。春には桜の花びらが2人の上に音もなく舞い落ち、それは僕たちを何かから守ってくれるように思えたりもした。

やがて僕と美也子は肉体関係を持つようになった。付き合いはじめて1年がすぎた頃のことで、ごく自然のなりゆきだった。腕の中でまるで僕の体の中に溶けこんでくるような美也子の静寂と、やがて訪れる激しい反応に僕はいつも興奮し、そして不思議に思った。

5月のある日、美也子が公園のデートに友達を連れてきた。桜はとっくに終わっていたけれど、春半ばの公園には様々な花が咲き乱れていて、それを眺めながら花見をしようということになった。美也子と同じ痩《や》せ型のおとなしそうな女の子だった。昼間から3人で公園でしたたかに飲んだ。夕方には僕のアパートに戻り、カレーライスを作って食べた。それからCDを聴いたりギターを弾いたりしながら飲んでいるうちにいつの間にか終電の時間が過ぎてしまっていた。仕方ないから3人で布団を敷いてごろ寝することにした。とにかく楽しすぎて3人とも飲みすぎていた。

真夜中。僕は目を醒《さ》ました。部屋の中は何の明かりもなく真っ暗だった。隣に眠っていた美也子の体に僕は手を伸ばした。指先を少しずつ彼女の核心に向かったり離れたりと怪しく動かしていった。布団を頭からかぶり2人で抱きあい、下着を脱がせ、いつもの手順で僕たちは体を交える準備をはじめた。友達の寝息が静かに聞こえてきていた。僕は美也子の足を広げてゆっくりと湿った体の中に入り込んでいった。そして腰を動かしはじめてどのくらいたってからだろう——。

僕は自分の体の下にいるのが美也子ではないことに突然に気がついたのである。

しかし何もかもが手遅れだった。僕はそのまま美也子とするときのようにその先のことを済ませてしまうしかなかった。

他にどうすればよかったというのだろう。

真っ暗闇の布団の中で、その漆黒の闇が僕たちの間に起こっていることのすべてを包み隠してくれることを祈るしかなかった。

その次の日から、僕はそのときのことをどのように美也子に話すべきかを悩んでいた。彼女もおそらく同じだったのだろうと思う。しかしその頃僕らはまだ若すぎて、際どい折衝を辛抱強く進めていく技術などもっていなかった。結果的にはお互いに知らなかったことで済ますしか方法はなく、2人の間は突然にぎくしゃくしてしまった。

それから3か月ほどたった日曜日のこと、僕らは新宿《しんじゅく》の喫茶店にいた。いつもは桜色の優しい色の口紅に彩られていた僕の大好きだった美也子の薄い唇が、その日は赤い薔薇《ばら》のような色をしていた。

その唇は「サ・ヨ・ウ・ナ・ラ」とゆっくりと動いた。でもその言葉のわりには美也子は優しい目をしていて、まるでこれからの僕の行き先を案じているように見えた。

20年経った今もはっきりと僕はあの口紅の色を覚えている。すべてが曖昧《あいまい》になった茫洋《ぼうよう》とした記憶の中で、まるで何かを切り裂くように動くあの薄い唇、いつもより赤い口紅が示す「サヨウナラ」という彼女の強い意志。

「亡くなるちょっと前に美也子に病室に呼ばれたの」と多恵は言った。あれから10年近くも美也子と多恵は親友として付き合いを続けた。

「私が死んだらそのことを小川拓也《たくや》にだけは伝えて欲しいって。そして本当は君と一生一緒に暮らしたかったって」

多恵の話によると、美也子は結婚して2人の子をもうけたものの旦那《だんな》とはそんなにうまくいっていなくて、かなり面倒な生活を送っていたそうだ。重い病気を患い死を意識しているある日、10年近くも一言も話さなかった僕のことを突然話し出したという。今でも僕の弾くギターの音が聴こえる。あの頃は誉めたことなんか一度もなかったけれど、でも考えてみれば自分にとってそれは一番素敵な音楽だった。どうしてそんなことを素直に言えなかったんだろう。そして話題は急にあの夜の話になったのだという。美也子はこう言った。自分の表に向けた人生がデパートのようなものだとしたら、決して陳列せずに仕舞っておく倉庫のような場所がある。過ちや悲しみや後悔や、そんな人に見せたくないものをそっとしまっておく棚。多恵と拓也君のことはその最高に高い、最も奥の、誰の目にもとまらない場所に仕舞ったの……。

僕はこの20年、何度も自分に問いかけどうしてもわからないでいたことを思い切って多恵に聞いた。どうしてあの夜、横に寝ていたのが美也子ではなく君だったのか。

答えは思わぬところにあった。

酔っ払った僕が先に寝込んでしまったそうだ。そのときやはり酔っ払った美也子が多恵に僕の横で寝てよと言い出したのだ。朝、起きたときに驚く僕の顔を見てみたい。たったそれだけの、本当に些細な悪戯《いたずら》だったのだ。

中目黒の店を出て電車に乗り渋谷で降りた。街はネオンライトに囲まれ多くの若者たちで溢れかえっている。僕はその中に埋もれるように紛れ込みそして立ち止まった。そこは大きなそして小さな数限りない過ちで溢れている。まるで過ちの王国のように。

僕はその真ん中で崩れるようにしゃがみこみ、固く目を閉じて暗闇の中に美也子が箱を隠した棚を懸命に探った。悲しみを置いておく棚。倉庫に20年もの間置き去りにした箱。それをやがて僕は探し当て、彼女のためにこの場所で大きく開け放った。

祝辞

声なき祝辞

A Silent Message of Congratulation

藤井王位祝辞

藤井《ふじい》さん、この度の王位防衛そして前代未聞の8冠達成誠におめでとうございます。

このような形で妻に代読してもらうという失礼をどうかお許しください。

病気で声を失ってしまったものですから申し訳ありません。

昨年の1月ころにある日突然に声がしゃがれてしまいました。まあいいやと放って置いたらやがてまったく声が出なくなってしまいました。

そんな状態で約半年。声が出ません。

さすがにおかしいと思い、駆け込んだ近所の耳鼻科ですぐに大学病院に行くようにと指示され1人で車を運転して向かいました。

いくつかの簡単な検査を受け驚いたことに午後には緊急手術を受けることに。喉《のど》や気管に何らかの問題があり、すでに呼吸困難が生じているということ。放って置くと意識が混濁すると言われました。

ドリルのようなもので喉元に大きな穴をあけられ、空気の通り道が作られるとともに声を失いました。設置されたのは永久気管孔といいます。

そして何の選択の余地もないままにその日のうちに入院。

病院のベッドに横たわり突然の運命の急変、自分の身に起こったことを確かめるのが精一杯。考えてみればその日の朝にはいつものように朝飯代わりにビールを飲んでいたのです。

後日出た検査の結果は恐るべきものでした。

咽頭癌《いんとうがん》のステージ4のB。

最悪の喉回りの癌の上に全身に遠隔転移。

今現在は体力も落ちていて手術も抗がん剤もできないというものでした。

ただ死に向かって横たわっているしかない。

そういうことでした。

ただなすすべもなく天井を眺めているしかありません。

随分前にこんな短編小説を書いたことがあったなあと思い起こしました。

左手にあるナースコールのボタンが命の綱です。気管孔をあけたばかりの初心者の私は痰《たん》を自力でうまく処理することができず、息が苦しくなってきます。そしてもがくようにナースコール。飛んできた看護師さんは大急ぎで吸引してくれて、息が通り、ほっと一息、そんなことが4、5時間おきに1日中続きます。窒息との闘い。武器はただひとつ小さなナースコール。

私がもがくようにそれを押すと夜中の3時でも4時でも、看護師さんはいつでも飛んできてくれます。そして嫌な顔ひとつせず吸引をしてくれて、いつでも呼んでくださいねと言って出ていきます。そんなことが3週間も続きました。

栄養剤と点滴と看護師さんたちの介護により私は少しずつ体力を取り戻していきました。

もちろん一滴の酒も口にしていないのも大きかったかなと思います。

ある日主治医が部屋に現れて「やってみましょうか」。

手術のことです。

まあ希望は薄いけどやるだけやってみますか？

そんな感じでした。

手術は12時間。喉元を切開され喉仏や声帯や食道や甲状腺を摘出され、切開した首回りから96か所の腫瘍《しゅよう》を摘出、腹を裂いて腸を切りそれを切りとった食道の代わりに移植する、という大がかりなもの。それでも全部は取り切れませんでしたと医師は肩を落としました。

麻酔が覚めるころ、私の頭にはずっと大山康晴《おおやまやすはる》15世名人の姿がよぎっていました。朦朧《もうろう》とした視界の先には交差点に立ちいつもせわしなく交通整理をしている大山名人の姿が。

「はい、あんたこっち」

「あんたはそっち」

大山先生こんな所で何やっているんだろうと不思議に思いました。

麻酔が覚めその日のうちに歩かされました。

切ったのは首と腹だから歩くのはまあ何とかなりました。

看護師さんが手を取り両サイドからしっかり寄り添ってくれました。

数日後、私はICUのベッドから起き上がり点滴を引きずりながら看護師詰所へ。

若い女性看護師さんの隣に腰かけこう言ったそうです。午前3時のこと。

「将棋しよう？」

「はい？」

「だから将棋。将棋しよう？」

大きな手術後の患者にありがちな妄想の第1位は病院にいる者は全員自分の敵で、自分を殺そうとしている、というものらしいです。

私もその妄想の真っただ中にありました。

だから将棋を指して仲良くなり1人ずつ味方に引き込もうとしたのだと思います。

「ごめんなさい、私。将棋できないんです」

と看護師さん。

「いいよ、できなくたって」と私。

「教えてあげるから」

「でも。将棋わからないんです」

こんなやりとりが2時間も続いたそうです。

優しい彼女はそんな調子で2時間も嫌な顔もせずに付き合ってくれたそうです。

次の日も。

午前3時から5時まで。

3日ほどが過ぎ少しずつ頭がはっきりしてきました。

と同時に大山先生は消えていきました。

寝転がる私の隣にはベッドの上に覆いかぶさるように設置された生命維持装置がヘルメットのような形で光っているのが見えました。懐かしい大山名人の頭のようでした。


個室に移されまた天井を眺める日々。

65キロだった体重は45キロまで落ちていました。

ある日部屋を訪れた男性看護師が「藤井さんがまた勝ちましたよ、朝テレビでやっていました」と教えてくれました。

この看護師さんは本当に気の利く男で、いつも現れると私のベッド周りを私が操作しやすいように私の立場に立ってリセットしてくれました。ナースコールはここ、テレビのリモコンはここ、テレビは近づけて点滴はこちらに回して邪魔にならないように。ベッドもシーツからすべて綺麗《きれい》に整頓《せいとん》してくれます。嫌がる私をなんだかんだと言いくるめて連れ出し頭を洗ってくれました。歩くのを面倒くさがる私をいつも車いすで連れ出して病院を回り、そして1か月以上ぶりに庭に連れ出し外の空気を吸わせてくれました。その患者の気持ちを思いやるひとつひとつの行為が胸にしみました。

別れ際にはいつも「大崎さんは治りますよ。必ず」

そう言って肩を叩《たた》いてくれました。

私が治る？　必ず？

それは思ってもみない言葉でした。

にわかに信じることはできませんでしたが、その言葉は凍り付いたような私の心にほんのわずかな小さな灯《あか》りをともしてくれたのでした。

Mastery for service.

数年前に取材で訪れた大の将棋ファンだった団鬼六《だんおにろく》先生の出身校の壁に刻まれた言葉です。

この学校の建立精神そのものを表しています。

奉仕のための熟練。

キリスト教からヨーロッパの職人たちに伝えられる基本的な精神。

「つまりできる限りの努力を重ねて技術を磨き、それを持って人のために奉仕しなさい、ということですわ」。一緒に訪れた団先生が解説してくれました。

私は病院でその言葉をかみしめていました。

自分ではなく人のための研鑽《けんさん》。

周りにいる医者、看護師、薬剤師、栄養士、リハビリのコーチ、1人1人のスタッフが、学校で懸命に学び、技術を磨き、それをもって惜しみなく奉仕してくれている。

病院とはそういう場所なんだ。

それを毎日感じるようになりました。

敵ばかりがいるわけではない。


抗がん剤から放射線をやってみますか？

医者がある日私に言いました。

癌はまだ胸部と腹部に残り、首回りも取り切れていない。

完治は無理。残された命をなるべく快適に引き延ばすことを考えましょう。

というのが主治医のいつもの決まり文句でした。

ステージ4のBの1年生存率は部位によって違うものの20パーセントから40パーセントといったところでしょうか。まあ私の場合は癌も取り切れず、転移もあるということなので30パーセントくらいかな、と割と気楽に考えていました。崖《がけ》っぷちという言葉がありますが、それを通り越して崖に腰かけ足を投げ出しブラブラさせているような状況だったかと思います。

延命のための抗がん剤と放射線。

抗がん剤はシスプラチンという最強のものを1か月。体は白血球をほぼ失い抵抗力が消えていきます。腎臓《じんぞう》も胃もやられます。もちろん吐き気も。一番きついのは精神がへこまされて完全にへたり込むような鬱《うつ》状態に襲われること。

ところがどういうわけか驚くほど平気でした。

予防で打たれる数々の副作用防止薬がよく効いたのと、精神のダウンは結構来ましたが、職業柄精神がダウンするのには慣れていたということもあります。

ただ退屈で自分の書いた小説ばかりを読み、天井を眺めながら小説のフレーズを思い浮かべたりしていました。

自分の小説の場面を思い浮かべて泣きだしてしまうこともありました。

まあ薬のせいでしょう。

抗がん剤の合間に6か月ぶりに家に帰ることができました。

仮退院のようなもの。

次のクールでまたすぐ入院です。

でも久々に帰った家は嬉《うれ》しかった。

歩いて5分ほどの近くのコンビニへ這《は》うように歩いてでかけ、家に帰ると発熱してしまいます。毎日のこと。そんな体力もないのです。免疫力も。

数日後、いつもの発熱が39度近くにまで上がってしまいました。

妻が様子がおかしいと言い出し、すぐに病院へ電話。午後11時過ぎのことです。

私のように抗がん剤によって白血球をやられている人間にとって39度は危険です。

世の中はコロナの真っただ中でその危険も常につきまといました。

敗血症にもなりかけ毎日3本の筋肉注射を10日間打ち続けました。30本ノックです。

その後体力の回復を待って放射線を45回。つまり約2か月。

何だかなあと思いました。

やがて藤井さんの王位戦がはじまりました。去年の夏のこと。

部屋に来る看護師さんたちがかわるがわるその結果を伝えてくれました。

中には私の小説の大ファンで新婚旅行はパリやニース、私の小説の舞台となった街を訪ね歩いたんですよ、という方も。村山聖《むらやまさとし》のアパートや更科《さらしな》食堂を見てきました、という人も。

看護師さんは読書家が多く、思わぬ数の人から読みましたと言われることが多くなり、まあそうやって私を喜ばせてくれているんだろうなと考えたりもしました。

やがて妻に家にある私の本をどんどん持ってくるように頼みました。

いつも捧《ささ》げてくれるせめてものお礼に希望する方に差し上げようと思い立ち、部屋の片隅の仕事机の上に書店のように平積みで並べておきました。「自由にどうぞ」と書き添えて。

本はどんどん減っていきました。

なくなればまた詰みなおしました。

そして読んでくれた若い看護師さんが次々と感想を伝えてくれました。

それはそれで大きな喜びでした。

私はこのまま消えていったとしても彼女たちの記憶に物語は残るだろう。

だから完全に消え去るわけじゃない。これで十分なんじゃないだろうか。

物語はそのままに残る。

この先、生きたとしても小説を書く気になんかなれないし、きっとろくなものは残せない。

ならば、このまま死んでいくのも悪くないかな。自分の数少ない才能をかき集めてよく頑張ったもんだ。すっかり諦《あきら》めモードでした。

ただ困ったのは藤井さんの王位戦でした。

幻ともいえる8冠に向かって敢然と挑んでいる藤井さん。

その結果は見届けられないものかなと思いました。

そう思うと少しだけ胸が弾み、ドキドキしました。

藤井さんにはじめてお会いしたのは数年前の瀬戸《せと》市のご実家でのこと。

いきなり現れた私にどう接したらいいかもわからず、高校1年生になったばかりの藤井さんは明らかに戸惑った様子。かわって利発で明晰《めいせき》なお母さんとどこまでも優しいお祖母《ばあ》ちゃんが私の前に並んで座ってあれこれお話をしてくださいました。

藤井家の隅々まで美しく整理された広い和室。ひっそりと置かれた榧《かや》の6寸盤。藤井さんは共に訪れた編集者と将棋の話で盛り上がっています。

「私がこの子が将棋が好きだと聞いて美容院で将棋教室の場所を聞いてきたのです」とお祖母ちゃん。「でも連れていったのは私です」とお母さん。

どちらが藤井将棋の第一発掘者かを競い合って明るい笑い声に溢《あふ》れています。

「私、数年前にウラジオストクからシベリア鉄道に乗って、モスクワからドイツ、フランス、スペイン、ポルトガルと全部電車で行ってきたんだよ」と、鉄道好きと噂される藤井さんに声をかけました。藤井さんは目をきらきらさせて「そうですか。シベリア鉄道は1520ミリですよね?」とすかさず聞いてきました。鉄道の線路の幅です。鷹揚《おうよう》な優しい子だなというのがまだ無冠だった藤井さんの第一印象。高校時代の感性をほとばしらせているようなきらめきに満ちた羽生《はぶ》さんとは違いおっとりとしたどこにでもいる高校1年生という感じでした。

「地理が好きなんだって?」と私が聞くと「小学生の頃は日本の高い山を上から順番に100言えました。今は全然ですけど」とはにかみながらちょっとご自慢も。聞き流してしまいましたが100言えるって考えてみたらすごいことです。

羽生さんが7冠を取った頃。殺到する取材依頼をまるで海を切り裂くように退け、「将棋世界」に貴重な1日を空けてくださいました。もちろん将棋ファンを思いやって専門誌を最優先してくれたのです。新宿の京王プラザホテルのスィートルームでインタビュー、自戦解説、写真撮影、他社の取材、それから新宿へ出て割烹《かっぽう》で中原《なかはら》名人との対談とすべてを快活にこなしてくれました。私は役割上インタビューを担当したのですが、そのときの羽生さんの放つオーラはすさまじいもので暑くもないのに汗だくになってしまいました。私のどんな突飛な質問にも、羽生さんは瞬時に答えてくれます。何を聞いても。

最後に私はその若さで全タイトルを取って、これからは何を目指すのですか？　と聞きました。すると羽生さんは初めて小考し声を裏返して、「本質です。将棋の勝ち負けよりも将棋の本質を解明することに向かおうと思います」と答えられたのでした。

あれから30年経ったのでしょうか。

将棋の本質を目指す。

その言葉は私の頭を駆け回り続けましたがどうしても正確な意味が分かりません。

具体的にどういうことなんだろう。

藤井家の取材のあとに藤井さんが子供の頃に通った瀬戸市の文本《ふみもと》教室に向かいました。

お祖母ちゃんが見つけてお母さんが、まだ幼稚園の聡太《そうた》君を連れていった教室。

私は会った瞬間に文本先生と意気投合したような気持ちになりました。

藤井さんへ徹底して教え込んだこと。それはただひたすらその頃出版されていた羽生さんの書いた定跡書を読み込ませることだと教えてくれました。一行一行を切り刻むように読み体に染み込ませる。脳にコピーさせる。頭で理解するだけではなく肉となり骨となるまで。それは徹底していたといいます。あとは楽しく将棋を指してみんなでプロレスをして解散。

そのときはじめて私は気づかされました。

将棋を解明することを目指す。

羽生さんの言葉はこういうことだったのかと。

7冠を取って以来、いやその前から羽生さんは超多忙の合間を縫って定跡書を書き続けました。「将棋世界」にも最新系の定跡の研究をあますことなく丁寧に書き綴《つづ》ってそれは驚くほどの緻密《ちみつ》さでした。どんなに忙しくても自筆でこつこつと、タイトル戦の帰り際に届けてくれることもありました。執念のようなものさえ感じさせました。

そのことの意味がやっと理解できるような気がします。

将棋の本質を解明する。

まだＡＩもそんなに進化していない時代、ネット将棋も草創期。

羽生さんは自分の世代ではそれは無理だと判断したのではないでしょうか。

そして現在自分が知りえている将棋の本質、つまり定跡についてできうる限り丁寧に正確に書き連ねておく。そうしてそれを読み反応を示し、やがて頭角を現してくるであろう次世代に託したのではないか。

方向を指し示すことで次世代に進むべき道を照らした。

おそらく日本全国の将棋指導者がそれに反応し文本教室と同じような現象が起こり、幼少の頃から皆が羽生さんの言葉や考え方を体に染みつけていった。その代表選手こそが藤井聡太さんということなのでしょう。

モンスターがモンスターを生んだ。

8冠を生んだのは7冠だったということなのでしょう。

私も近くで仕事をさせていただいて羽生さんの先を見る目の鋭さと確かさにはいつも驚かされてきました。今は間違いなく将棋は解明に向かっているのかもしれません。

もし今も将棋雑誌編集者だったら同じ質問を藤井さんにしてみたいと思います。8冠を取った今、これから何を目指すのですか。

藤井さんのことだからニコニコしながら「永世8冠です」と笑わせてくれるのかもしれません。

ただその答えはきっとすでに藤井さんの胸の中にあるような気がします。

それは羽生さんの方法とはもちろん違ってくるでしょう。

今はAIという強い味方を得ています。

それを駆使した新しいアプローチを重ねていくことかと思います。

もしかしたら自分の世代で達成されると考えているかもしれません。

それはそれで恐ろしいことですし楽しみでもあります。

それが達成されるとはどういうことなのか。何が起こるのか。将棋はどうなってしまうのか。

時代が移り町並みは変わり人々はどこかへ消えていってしまっても、歌はそのままに残る。私が大好きなブリティッシュロックの歌。

The song remains the same.

それと同じことで藤井さんが指した棋譜はすべて永遠にそのままに残るのです。鮮やかなときめきや感動とともに。

杉本《すぎもと》師匠は名古屋《なごや》でお会いした際に、「大崎さん、神様は藤井のために8冠を作ってくれました」と涙ぐんでいました。まだ1冠も持っていない頃のことです。ひっくり返りそうになりました。杉本師匠や文本さん、お父さん、お母さん、お祖母ちゃんや多くの棋士仲間、藤井さんに関わったすべての皆さんに心からおめでとうございますと言わせていただきます。

もしあの国にいつか平和が戻って渡航が可能になったら、藤井さんも是非シベリア鉄道に乗ってきてください。モスクワまで1週間。詰将棋はたくさん作れます。それは保証します。他に何もやることもありませんが。

Mastery for service.

自分が人生をかけて将棋に打ち込むことに何の意味があるのだろう。
それは多くの棋士が一度は抱く永遠の疑問でもあります。

でもここに答えがあるように思います。
棋士は人々のために必死に技術を磨くのです。
病院では実際にあなたの棋譜を楽しみ、いつもニュースは明るい話題になりました。
お陰様で私もいつも色々な恩恵を受けることができました。
藤井さんが積み重ねてきた研鑽《けんさん》と努力。
それは見事な技術となって私たちに奉仕してくれています。
それは実際にこの目で見て体験してきたことです。
私も多くの希望や誇り、生きる喜びと意味のようなものを与えられました。
お蔭様でこうして生きております。1年は何とか生き延びました。
ならば2年目を目指すだけです。やはりノックは大事です。

どうもありがとうございます。
そして王位防衛、おめでとうございます。

2023年11月7日

大崎善生

※本稿は２０２３年11月７日、藤井聡太王位の第64期王位就位式のために執筆された草稿を元にした完全版です。

初出

リヴァプールのパレット――「小説 野性時代」2024年10月号
僕たちの星――「小説現代」2012年4月号
彼女が悲しみを置く棚――「花椿」2013年7月号
声なき祝辞――2023年11月7日、第64期王位就位式にて

大崎善生（おおさき　よしお）
1957年、札幌市生まれ。2000年、デビュー作の『聖の青春』で新潮学芸賞を、01年『将棋の子』で講談社ノンフィクション賞を受賞。02年には、初めての小説『パイロットフィッシュ』で吉川英治文学新人賞を受賞した。小説作品に『アジアンタムブルー』『ロックンロール』『孤独か、それに等しいもの』『別れの後の静かな午後』『スワンソング』『孤独の森』『ランプコントロール』『ユーラシアの双子』『エンプティスター』『ロストデイズ』、ノンフィクション作品に『ドナウよ、静かに流れよ』『赦す人 —団鬼六伝—』『いつかの夏 名古屋闇サイト殺人事件』などがある。24年8月、癌のため逝去。

リヴァプールのパレット

2025年３月１日　初版発行

著者／大崎《おおさき》善生《よしお》

発行者／山下直久

発行／株式会社KADOKAWA
〒102-8177　東京都千代田区富士見2-13-3
電話　0570-002-301（ナビダイヤル）

印刷所／旭印刷株式会社

製本所／本間製本株式会社

●お問い合わせ
https://www.kadokawa.co.jp/（「お問い合わせ」へお進みください）
※内容によっては、お答えできない場合があります。
※サポートは日本国内のみとさせていただきます。
※Japanese text only

定価はカバーに表示してあります。

ISBN 978-4-04-115952-1　C0093
JASRAC 出 2500367-501

大崎善生の好評既刊

聖《さとし》の青春

将棋に情熱を注ぎ
一生を駆け抜けた男——

純粋さの塊のような生き方と、ありあまる将棋への情熱——重い腎臓病を抱えながら将棋界に入門、名人を目指し最高峰のリーグ「A級」での奮闘のさなか、29年の生涯を終えた天才棋士村山聖。名人への夢に手をかけ、果たせず倒れた〝怪童〟の歩んだ道を、師匠森信雄七段との師弟愛、羽生善治名人らライバルたちとの友情、そして一番近くから彼を支えた家族を通して描く、哀哭のノンフィクション。第13回新潮学芸賞受賞。

角川文庫　ISBN 978-4-04-103008-0

大崎善生の好評既刊

いつかの夏　名古屋闇サイト殺人事件

「2960」。恐怖と絶望の中で遺したメッセージ

2007年8月24日、深夜。名古屋の高級住宅街の一角に1台の車が停まった。車内にいた3人の男は帰宅中の磯谷利恵に道を聞く素振りで近づき、拉致、監禁、そして殺害。非道を働いた男たちは3日前、闇サイト「闇の職業安定所」を介して顔を合わせたばかりだった。車内で脅されながらも悪に対して毅然とした態度を示した利恵。彼女は何を守ろうとし、何を遺したのか。利恵の生涯に寄り添いながら事件に迫る、慟哭のノンフィクション。

角川文庫　ISBN 978-4-04-107113-7